徐昊原
- 作品 -

每个人都爱别人

当代世界出版社
THE CONTEMPORARY WORLD PRESS

图书在版编目（CIP）数据

每个人都爱别人 / 徐昊原著. —北京：当代世界出版社，2017.3
ISBN 978-7-5090-1188-1

Ⅰ.①每… Ⅱ.①徐… Ⅲ.①长篇小说—中国—当代 Ⅳ.①I247.5

中国版本图书馆CIP数据核字（2017）第036357号

书　　名：	每个人都爱别人	
出版发行：	当代世界出版社	
地　　址：	北京市复兴路4号（100860）	
网　　址：	http://www.worldpress.org.cn	
编务电话：	（010）83908456	
发行电话：	（010）83908409	
	（010）83908455	
	（010）83908377	
	（010）83908423（邮购）	
	（010）83908410（传真）	
经　　销：	全国新华书店	
印　　刷：	北京天宇万达印刷有限公司	
开　　本：	880毫米×1230毫米　1/32	
印　　张：	7.25	
字　　数：	105千字	
版　　次：	2017年3月第1版	
印　　次：	2017年3月第1次	
书　　号：	ISBN 978-7-5090-1188-1	
定　　价：	39.00元	

如发现印装质量问题，请与承印厂联系调换。
版权所有，翻印必究；未经许可，不得转载！

Because Venus does not have a pair of arms and Cupid loves covering his eyes, people who are in love always cannot grab and see each other.

因为维纳斯没有双臂，丘比特喜欢蒙着眼睛，所以恋爱中的人常常抓不住对方，也看不清自己。

∎

假如有一天，你感到自己不再年轻，去云游四方。那里有你所有的失去，你全部的韶华，有你过往的爱恋，有你曾经的锋芒。只需要迈出第一步，就是和这座牢笼的告别，因为它禁锢了你太多太多，哪怕是虚妄的青春。

目 录

缘起一　　　　　　　001

缘起二　　　　　　　005

缘起三　　　　　　　011

第一章　明着追，偷着恋　　017

第二章　他爱她，她爱他　　041

第三章　过去过，未来到　　065

第四章　谁替代，替代谁　　095

第五章　是过错，是错过　　127

第六章　缘来是你　　　　　185

后记　　　　　　　　　　　209

缘起一

记得有那么一天,一位我觉得特别花心的朋友告诉我,他失去了他的爱情,整日恍惚。我问:你们在一起多长时间?他答:4个月。

"哦"了一声,我没有做出过多反应,却给他附赠超多OS:我的天呐,才谈了4个月就失魂落魄,要是像我这样谈了6年、7年还不得要死要活?

在一家叫做"壹楼"的小酒吧,陪他喝了两杯啤酒,听他细述他的故事,我内心却踊跃出各种小感慨:看来我这种不再为谈了7年仍说"再见"的爱情,再多添一分伤痛,反而一直为身体飙长了 20 几斤肉而苦恼不已的人,真的是老了。当内心的躁动平息下来,深藏的情愫被隐没了,也许就能坦然地看待眼前所有……只是,偶尔,还是会带出些年少时才有的轻狂……

这就是当下和年轻之间的距离。突然想问自己:是否还记得上一次为一个人寝食难安是在哪个世纪?耳边还充斥着这位朋友尽述的各种苦楚、各种过往,内心却已经和他远隔一万光年。曾几何时,我也曾为爱疯狂,仿佛被一个神奇的魔咒驱使,做出至今想来都觉得愚蠢到家的事。所以,当我以所谓"过来人"的目光审视他的爱情时,不免五味杂陈……我虽不懂得爱,却珍惜彼此的投入,它可能让我们受到伤害,

每个人都爱别人

但亦能让我们更加懂得如何去爱……爱是真正从心底发出的关怀,需要彼此迁就、包容、理解……爱能让我们各自成长。一段爱情的成长大致如此:通常是我们细数过往,开始为当年意气用事、无理取闹的偏激行为和不吐不快、歇斯底里的情绪感到懊悔万分,然后为那个曾经愚蠢至极的自己感到心疼。这就是成长。无论如何,我们都要学会自我原谅。

如果很难忘却过往,那么,可以尝试开启属于自己的一段旅程。去结识一些新朋友,多和快乐的人做朋友,做些快乐的事情。脑袋里自动屏蔽那些不喜欢的人,去做喜欢的事情,把一切都抛诸脑后,以最彻底的方式还原灵魂的色彩。

很多时候，觉得世界太渺小，迄今为止，大多数人都只能在这橘子形状的星球上踱步。一个旅行家不管怎样跋涉，无非也就去过一百多个国家而已。好在人类也很渺小，以此刻站立的地方为基点，我们有无穷多的方向可以选择，有无限长的距离可以跨越。以国家为单位拼凑的星球看似乏味，遍布着五光十色的景象，走到任何一个经纬交叉处，都妙不可言。

这一切的美好，都来自不可预知。唯一能确定的是，有些地方只有亲自去过才能体会它的美好，正如那些快乐、悲伤亦只有亲身经历后才刻骨铭心，不是吗？

缘起二

记得那年夏天,鲜花盛开得最美的季节。她手捧毕业证书,头戴毕业礼帽,微笑地出现在大志面前,他差点从自行车上摔了下来,还一副乐不可支的傻相……转眼十年,现在回想起她的那个微笑,照样甜进心里。她的名字叫田雨菲,和大志大学同班四年,可说过的话没超过四句。直到毕业那天,在小胖张一天的怂恿下,大志来到女生宿舍楼前,拿着写好的手稿,大声对着田雨菲的寝室窗户念诵,可惜,她不在寝室。后来,有人和大志说,那时候田雨菲和父母恰好在学校周边餐馆庆祝毕业,同寝室女生也全都陪着她。因此,这成为大志至今做过最窘的一件事儿。

再后来,大志把雨菲没有听到的话写下,装进一个空瓶子,埋在她宿舍窗户前的那棵大银杏树下。如今,他依然清晰记得这段被埋葬的告白。有一年,忘了是怎样的一个机缘下,大志回到母校,物是人非,女生宿舍已改成男生宿舍,那棵大树依旧耸立在铁栏栅外。站在树底下,他犹豫着要不要把那一年前埋下的瓶子挖出来。显然,他想保留一丝美好的愿景,希望有一天能和她一起来到这里,敞开心扉,并亲口对她说:"我曾爱着你,到现在一样爱着你。"然而,毕业近十年从没有这样的机会。也许,她早已不记得他。也许,他早该忘了她。

信息时代来临给了人们更多机会。毕业后，大志留在北京发展，这是他自己的选择。而田雨菲去了温哥华，那是她父母为她做的决定。大家都觉得她没准备好面临就业现实，还想继续攻读硕士双学位。送她走那天，大志叫上她所有合得来的同学、朋友一起到机场，却没能对她袒露自己的心声："能不能别走？"哪怕在她转身即将离开的时候，他早已双眼泛红，忍住的除了泪水，还有那句呼之欲出的挽留。而田雨菲，头也不回地就走了，送行的同学纷纷向她挥手，唱着那首祝福的歌儿，一样没能留住那个笑容甜美、长发飘飘的倩影——可爱的田雨菲，再见了。

这些年，他们很少联系。大志一直保留着QQ，因为上面有她，并坚持每天半夜登录一次，看看身处白昼的她在不在。直到微信出现，同学们建了一个群，把她也拉了进来。大志将自己的设置更改了，陌生人也能看见他的状态。他很少更新内容，只想她知道：他三十三，依旧单身，最喜欢的女孩儿就像她那样儿。害怕被拒绝的心，让他始终没有勇气加她为好友，他担心闯入她本来美好而又安宁的生活后，反而会不知所措。直到上周，她在群里发出一句："我回来了！"瞬间又回到了十年前的光景。窗台上的茉莉花香扑鼻而来，记忆的味道激发心中无限可能。也许，他早该勇敢，而等待却让他更加明白，一个好女孩儿，值得他用一生的光阴去爱。

初恋的故事大体如此。

初恋在很多人眼里是苦涩的，不堪回首的，但我们依然不能否定其美好的部分，尽管那个嫣然微笑并不是每天都能看见，起码那嘴角完美的弧线会深深印刻在我们的心田。当思念涌起，肉身仿佛又回到昨日。嗯，那就相忘于江湖吧。有时候，觉得这样刚刚好，无法执手相看，却依然牵挂世界另一头的你，然后，默默祝福。尽管，我最渴望的是陪伴你一生到老。当我们长大后，心中淡淡的忧伤会被风吹散，一段从未点燃的爱恋像一朵永不结果的花，或许是因为我们一开始不够勇敢，又或者是彼此并没有太深的缘分。总之，感谢曾经的他／她们曾在我们的生命里停留。

关于初恋，我的全部记忆就是如此简单，简单到没有丝毫暧昧，当然，也没有机会暧昧，更没有所谓的争吵，一切只源于我对你的情有独钟，停留在最美好的时光里。那一年，你进入我的视线，给了我一个最美的微笑……

缘起三

或许只有在我们成熟的时候,才没有什么事儿能影响到我们的心情。而现在,我所理解的幸福是:能静下心来思考、写作,以及做些喜欢的事……

回想 2016,我的每一天似乎都在忙碌中度过,忙着写剧,忙着出差,忙着寻找美味,连旅行都很匆忙,匆匆回了巴塞罗那,回了罗马,去了首尔,去了京都,去了巴厘岛……脑海中仍记忆犹新的美味却出自北京沙滩北街近五四大街一家叫做 TRB 的餐厅。记得那天,坐在窗边的位置。这是我第一次正儿八经品味着西餐带来的冲击力。窗外没有雾霾,碧空万里,映衬着古城红楼城墙,相得益彰。那一餐我吃得很是愉悦，不仅是因为第一次认真尝试西餐，更因为可以和认识那么多年还能充满新鲜感的你面对面坐在一起享用午餐。那天，看着你的笑靥，不禁闪回第一次遇见你的情景……真好！相信我，恋爱的人一定要去尝尝这家贝克汉姆也曾去过的餐厅。

即便没有这些，我也认为我的人生是幸运的，遇见了自己想遇见的，就算是伤心的，亦会安慰自己，这是上天对我的一种考验。是的，我的内心就是如此经得起风浪。至于说到幸福，有句话我觉得特别在理：幸福的状态就一种，不幸的人生才百态。谈不上阅人无数，但结识的朋友大致分为两种，幸福的和不幸的。或许还有我没参透的……幸福的人愿意分享他的快乐，不幸的人总是抱怨自己的痛苦。幸福的人向来习惯自我检讨哪里做得不妥，为他人考虑；不幸的人总认为是客观环境影响了自己的发展，只会站在主观的角度为自己打算……其实，我们都知道要和哪一类人做朋友。

距离上一本《不念过往 念远方》的出版已经近两年的时间，坦白说，我算是走量型的写手。按照我的习惯，一本小说早该写完，电脑里的几个大纲像是被我打入冷宫，差点忘了它们的存在……反正，你当真要偷懒时，总会有各种搪塞的理由……

直到 2016 年的某一天,我在飞机上一觉醒来,发现还有近一个小时的航程才能到达目的地成都。闲着也是闲着,这次背包里刚巧带了电脑,翻开一看,一桌面的文档,随意打开一个,叫做《可不可以不毕业》。嘿,这和出版商要求的比较接近,关于爱情、关于校园、关于青春……

这个故事的起源是合作两次的博哥给我和另一个编剧黎弘茜的命题作文。我第一时间和他联系沟通此事,想将剧本改编成小说,做一次新的尝试,当然,能否顺利出版取决于我改写完成后的整体效果。如果制片人博哥和编剧黎弘茜都点头同意，那么，这本通过剧本再次创作的小说才能跃然纸上，呈现在读者面前。

于是，我开始不紧不慢的二度创作……诸位现在看到的这本小说，正慢慢舒展身姿，像是含苞待放的花朵……

在此，感谢博哥、黎弘茜。最后，这本书的稿费将全部用于资助贵阳山区（华农大石希望小学）的贫困孩子们。

第一章　明着追，偷着恋

每个人都爱别人

她喜欢上他，只因为与他视线相会的那一刻，她先主动把头转向了窗外；他喜欢上她，则完全是中了丘比特射向他的箭！

I

　　大学，对于一直深受崇高爱国主义教育熏陶的学霸来说，是一座能够实现其报效国家，争做"四有新人"的梦想制造厂。而对于被自由烧脑，已化身脱僵野马的学渣来说，这里则是任其自由驰骋的茫茫草原。

　　同治大学，就是司徒毕保业的草原。作为学校的资深代言人，大学五年，他都风雨无阻顶着那一撮靠发胶硬撑起刘海往后顺的短发，像时刻奔跑的野马，毛发在逆风中飞扬，既不甘心倒下，也不甘心停下。若想试着理解他对这款发型情有独钟的执着，请看此时正随九月的风摆动的挂在大道两旁的条幅，上书：同治大学，自由翱翔！条幅随风轻舞，上面的文字也随之摇曳，若风肯再加把劲，或许这条幅便能挣脱栓绑它的绳子，然后飘荡在这偌大的草原上，经过那条通往求知楼的林荫大道，跟每一棵上了百岁的榕树一一道别，之后，在空中俯瞰一圈，掠过一栋栋布满爬山虎的砖红色教学楼，最后在米色调的欧式图书馆塔顶歇下脚来，再看完那一季的荷塘花开。如此，也算是这条幅亲身践行了那句"自由翱翔"的座右铭。但这终究只是梦一场！

条幅依然坚守在自己的岗位上，俯看着板砖路上来来往往或懒散颓废、或气宇轩昂的人们。有人骑着自行车逆风急驰穿过人群，有人不慌不忙在人堆里噘着嘴、哼着歌给自己足上的人字拖配乐，乐呵呵地走过一棵棵大树。司徒毕保业也穿梭在人群中，当他的眼睛瞟到一辆停在路旁的SUV时，眼神立刻定格在车窗上，茶色玻璃上勾勒出一个鲜活的身影：高大帅气的身型、时下最热的韩流单眼皮、抢眼的个性短发，还有高挑鼻梁打造出的完美侧颜……可还没来得及自我欣赏一下编贝般的皓齿，两只莫名大手就拍在他的经典发型上。

不用转身司徒毕保业也猜得出，在这个混迹了五年的校园里，敢伸爪子破坏他经典发型的除了"伪拉拉"范小星，就剩"真屌丝"吴蒙了。这次，他们居然联手攻击了他。车窗上那个原本玉树临风的身影，颜值瞬间坍塌，而范小星、吴蒙两人已在击掌庆祝。随后，车窗上出现了反戴棒球帽的范小星。她用手捋了捋倾斜的刘海，露出无辜的欧式大眼同情地看着司徒毕保业,嘟着两片薄薄的嘴唇,时不时朝他吐舌头,一副幸灾乐祸相。身旁的吴蒙也借力使力般往司徒心火上浇油,抛出一个大大的飞吻算作安慰受伤的好友。

看着两人上演的一幕幕的闹剧,司徒毕保业难以平复心情的巨大落差,却也不忘帅气地回过头丢下一句:"继续作,我看你们会不会死!"并配上一脸不屑的表情,随后再度占据有利位置,霸占了整面车窗玻璃,全方位多角度地整理着自己的标志性发型。

"司徒,别折腾你的头发了。快点啦,新一届辅导员是我们'渣友地狱榜'排名第一位,有着人颂'逮谁虐谁,逮班虐班'之誉的'贱魔K'。她所带学生里至今还没有一个敢迟到、翘课、请假的。最绝的是,这项佳绩不仅保持在她本人的逻辑课范畴内,甚至囊括其他所有的必修课和选修课。今年我们若想留级只能靠拼了!"吴蒙说完,看着已经平静下来的司徒毕保业。他似乎不为所动,仍带着标志性的微笑看着两个好友。两人不约而同把自己肩上的背包卸下来,斜挂在司徒毕保业肩上,然后同时离开——这家伙孤芳自赏的毛病也只有用那两个背包的重量来治了。

司徒毕保业追上前面两个"兄弟",插到中间,两只手搭在他俩肩上。

吴蒙说:"司徒,你要能从'贱魔K'的地狱里爬出来,你的留级之路将无人能挡,堕落之路更将不设下限,到时载入校史册,渣友膜拜,校友铭记啊!"

范小星补充道:"重点是要有妞铭记才行!是吧,司徒毕保业同学?"

吴蒙向范小星竖起了黑黑的大拇指,赞叹不已。

"切!"司徒毕保业全当没听见,两手用力把他俩拢靠进自己怀里。

吴蒙接着说:"我丑话说前头,今年,我可是一定要毕业的,你们知道的,就算我不嫌丢人,我妈那边……"

司徒并不把他的话当真，调侃道："你要毕业，我不拦你，但你刚说那话我可不爱听。什么叫丢人？读个书丢什么人了？你说呢，范小星？"

范小星没搭理司徒毕保业，只抬头看着吴蒙，认真问道："蒙哥，你就真的忍心抛弃我俩吗？"

还没等吴蒙开口，司徒抢答道："行了，毕不毕业听天命。我呢，作为你哥，在这里只想真诚地送上一句：祝福你——"吴蒙和范小星格外诧异地对视了一眼，等着下文，"永远毕不了业！"

说完，司徒毕保业看着前一秒还信以为真，后一秒暴跳如雷的小伙伴，终于忍不住前仰后合地大笑起来，手也带劲地拍打着他俩的肩膀。感觉被愚弄的两人，再一次默契十足地双双抬起靠近司徒的那只脚奋力踩去，然后再次离他而去。

司徒毕保业孤单一人在分岔路口半撅着屁股，双手停顿在空中，那些还没来得及释放完的笑声全都转移输送到大脑的痛感神经里，最后通通输出成一声声惨叫。片刻，司徒蹲下身来，双手轻抚脚背痛处，等着那红色印记渐渐淡去，才抬头于人群中搜索那两个没心没肺的损友。谁知损友不见踪影，却捕捉到另一幕惊心动魄。

岔路前方的足球场上，一群人正拦着一个戴眼镜的书生。人群中一个穿黑色背心、破洞牛仔裤的光头双手抱在胸前，盯着书生朝左右点了一下头，身旁的四个小弟便一起上前将书生团团围住，紧接着一顿拳脚伺候。书生被打倒在地，双手紧拽着那本厚厚的《高等数学》当挡箭牌，盖住脑袋。

司徒毕保业活动活动脚趾头，又握了握拳头，站起来将肩上三个背包卸下来丢在地上，然后踩着人字拖阔步加速奔了过去。而刚刚那个气焰嚣张的光头似乎还觉得不够过瘾，索性凑上前去，一把扯掉书生手中紧攥不放的《高等数学》，将书举在半空，准备往他脸上重重砸去。无力回击的书生紧闭双眼，徒劳地做抱头状。

赶过来的司徒不早不晚地从光头背后把书截了过来。

光头侧目，发现这个多管闲事的瘦高个儿弯下腰，把那本从他手里夺来的《高等数学》物归原主，还轻拍了两下书生的后背，示意他尽快离开，完全无视自己的存在。

书生很是感激，虚弱地说了句：“谢谢你！我是——”

还没等书生说完，光头直接一拳挥向司徒毕保业的完美侧颜，并教训道：“喜欢多管闲事，是吧？！”

司徒毕保业忍痛安慰书生道：“没事，剩下的我会——”

话音未落，光头又送上一拳，可还没挨到脸，便被司徒的右手握住。书生半信半疑地径自离开。司徒毕保业的眼中此刻射出狠狠的光，并将之前被打断的话补全：“——解决！”

光头立即向他的小弟吼道：“打他啊！”众人顾不上离开的书生，转而众志成城，准备一起对付这个瘦高个儿。

司徒毕保业见形势不妙，立即大叫一声：“范小星——”

此时，正在不远处往求知楼走的范小星和吴蒙听到了呼喊的声音，循声跑去，看见司徒被一伙儿人包围，剑拔弩张。两人赶紧飞奔过去。司徒毕保业见援兵到了，一时开心，有了半晌的恍惚，光头和众小弟趁机挥拳踹腿。当范小星和吴蒙赶到的时候，司徒毕保业已被打倒在地。有人准备再次拳脚相加时，吴蒙赶紧上前护驾，线条漂亮的肱二头肌和利落的身手一下子吓住了那群小弟。

范小星看到司徒倒地，怒不可遏，二话不说，一个高抬腿直接朝刚刚挥拳的光头的后背踹过去。光头还没感到痛，就毫无抵抗地扑倒在地。范小星的怒气这才稍微平复了一些。紧接着，她一屁股坐到光头腰上，右手按住光头的秃脑袋，左胳膊将他勒住，然后对另外几名小弟说："你们给我住手！谁敢再动——"

光头双手强拉着范小星的胳膊，气喘连连道："住手——都——放——手，我们不打了——"

众人乖乖垂首而立。

这下，范小星的心火才全部被熄灭，却仍按着光头的脖颈子，盛气凌人道："告诉你，打架我们是不怕的！"

这时，司徒毕保业、吴蒙站到范小星身旁，附和道："我们从来不怕！"

范小星接着说："记住了，以后我们见你一次，打你一次。"语毕，终于放开光头。

小弟们赶紧上前搀扶光头爬起来。光头仔细端详了一眼这个头戴深蓝色棒球帽的金发妹，将其五官烙刻进骨髓里，狠狠地对着小弟们说了一句："走——"

范小星、司徒毕保业、吴蒙三人站在原地，看着那群人灰溜溜地鼠窜，心里洋溢着说不出的成就感和自豪感。

此时，荷塘边的钟楼敲响了十点的钟声，悠扬的西敏寺钟声旋律随风入耳。司徒毕保业愉悦地闭上双眼，身心就好像回到了西敏寺教堂的那座无名墓碑前，再次看到墓碑上所写的那段话：

当我年轻的时候，我的想象力从没有受到过限制，我梦想改变这个世界；当我成熟以后，我发现我不能够改变这个世界，我将目光缩短了一些，决定只改变我的国家；当我进入暮年以后，我发现我不能够改变我的国家，我最后的愿望仅仅是改变一下我的家庭，但是，这也不可能。当我现在躺在床上，行将就木时，我突然意识到：如果我一开始仅仅去改变我自己，然后作为一个榜样，我可能改变我的家庭；在家人的帮助和鼓励下，我可能为国家做一些事情。然后，谁知道呢？我甚至可能改变这个世界。

遐思至此，借着刚才燃起的成就感和自豪感，司徒毕保业感慨道："对，我要改变自己！"说完，便点点头，似乎在给自己鼓劲。本以为范小星和吴蒙听到他的豪情壮志会感同身受，馈赠鼓励，谁知二人已不在身边，再一看，两人背着各自的书包，站在刚刚的分岔路口，一起朝他比了一个"你疯了"的手势，然后挥一挥手，不带走他的一本书。

他俩又一次得意地离他而去。

2

大学校园从来就是滋养爱情的肥沃土壤。紧张的学习之余，总要留有一丝轻松、一丝浪漫、一丝幻想，否则青春就被荒废，时光就被错付。因此，校花、校草应运而生，既是学生们闲来无事的消遣，也是一种对美好事物充满憧憬的寄托。

校花李莎明子无疑就充当了这样一个"女神"的角色。她几乎成功圈粉全校男生，甚至连校园各处的保安和各大食堂的厨师见到她，都立刻换上满脸春色。当然，她同时也成为全体女生的众矢之的。一些无聊分子纷纷在各大高校论坛、群组、朋友圈贴出并转载她整容前后的对比照，对所有整容项目做了图文解析，一句话——能动刀子的地方全动了，能填充的地方也全填了，就差换个智商了！

李莎明子对此置若罔闻，女人何苦为难女人？更重要的是，她整容也是事实：从当初若隐若现的"内双"到现在开了内眼角的"外双";从当初一口龅牙的学生妹到现在齿如编贝的女神;从当初自卑的怯懦女到现在自信的姿态女……这些变化让她觉得确实获得了某种力量,让自己可以更加自信且亮丽地生活。

而男生对此更是一笑而过,尤其当他们看到女神披散着乌黑及腰的中分微卷发,穿着无袖束腰的黄色及踝纱裙朝自己走来时,脑袋早已一片空白,只剩眼中那影影绰绰散发着淡淡清香的倩影。女生对她则唯恐避之不及,一直以来还没有哪个女生会主动跟她坐在一起,即使没有多余座位可选择,也会主动和男生换位或干脆逃课离开。在她们看来,课没上还可以脑补,颜值被碾压才是尊严扫地。

直到大三下学期的某个阳光正好的下午,离上课差不多还有五分钟的时候,一个反戴深蓝色棒球帽的金发妹,带着一个瘦高个的马头男和一个壮矮个的寸头男出现在李莎明子面前。金发妹紧贴着她坐在左边,马头男挨着金发妹坐下,寸头男则坐在了马头男的后面。就这样,他们一起认真听完了一下午的课。

从第二天起，李莎明子每上一节课三个人都会准时出现，并跟她一起上完。金发妹范小星会在她左边或右边的座位上睡觉；马头男司徒毕保业有时隔着一个空位坐她旁边，有时又会和寸头男吴蒙一起把后面一排的座位坐个遍，却从不挨着李莎明子坐。

全校都在传，范小星是"拉拉"，明摆着在追校花李莎明子，而她的哥们儿司徒毕保业和吴蒙只是替她做掩护而已！但李莎明子完全不在乎，相反，内心还很开心，起码不用再被叽叽喳喳的男生围着上课。最重要的是，这三个人就像自己的守护精灵：一个安安静静挨着她睡觉，另两个替她赶走那些黏人的蛇虫鼠蚁。他们的出现就好像那束从窗外投射到教室内的阳光，让人欢喜又温暖！有时，李莎明子听着上课的钟声，甚至会焦急：他们怎么还没到？

楼道里流动的人群中，有一位身着黑色齐膝中裙套装，戴金丝边框眼镜，右手拿着笔记本电脑，脖子上围一条爱马仕丝巾的中年妇女，正踩着黑色细高跟鞋上楼。经过她身边的学生无不收敛表情、作恭谦状，有的干脆直接换到另一个楼梯口上楼，有的则谨慎地放慢步调，直到和她拉开足够让自己感到安全的距离。而在她前面准备下楼的学生，见她来了，会自动消失于她视线所及之处。

只剩下走在她前面的那两个八卦妹，由于两人只顾边走边聊，根本没发现异样。一个说："你知道吗？那'仨儿渣'留在我们班了。"另一个惊讶道："不会吧！你说是不是他们'仨儿渣'主动提出申请的啊！我觉得应该不太可能吧，应该是学校没辙，就将他们扔给了'贱魔K'！"先前那个道："我还是宁愿相信是爱情的伟大力量，伟大到可以把自己往'贱魔K'的地狱送！哈哈哈！"

两人心领神会地对视一眼，正打算停下来靠阳台边再逗趣一会儿，方才看到凯丽老师朝她们走来，两人吓得魂飞魄散，赶紧互相拉拽着，两步并做一步向右逃进502教室，惊魂未定地找了两个靠后门的位置坐下。

看着两人落荒而逃，凯丽老师微笑地抬起左手把眼镜提了提，神气地耸了耸肩，转个弯也来到502教室。

除了最后进来的两个八卦妹,凯丽老师班里的学生都是在钟声响起前就已经来到教室做好了上课准备。不用点名,凯丽老师也知道人全来齐了,但考虑到新来的三个泰国交换生还没到,就打算边点名边等他们。

"文书华。"

"到!"是之前在操场上被打的书生。

"李莎明子。"

李莎明子正准备喊"到",突然被一句不标准的中文打断:"La-Shi(老师),我们到了!"

一句话逗得全班爆笑。就连刚刚赶到门口的范小星、吴蒙也都不淡定了。吴蒙一个转身,笑趴在阳台上;范小星笑的同时,跺着双脚,还不忘一个劲地拽扯着旁边一个帅高个儿男生的白衬衫。

三个泰国学生虽然不知道同学们在笑什么,不过可以肯定的是，刚才的中文发音一定出了问题，只好笔直地杵在那里，挤出一丝尴尬的笑，看着全程唯一没有笑意的凯丽老师。

帅高个儿担心白衬衫会被范小星扯坏，只好去拉她的手，而小星顺势倒在他的怀里继续笑个不停。帅高个儿看着这个假小子笑得这么开心，双手也就一直悬在半空，不忍放下。

这时，凯丽老师严厉叫停道："不许笑了！"

能停下来的学生识趣地止住笑，有些余兴未尽的只好抿着嘴巴转头望向窗口，那些实在无法自控的人只好把头埋进胳膊，假装咳嗽。

这时，赶到教室门口的司徒毕保业看到笑个不停的吴蒙，正好奇地想问他缘由，一转眼看到范小星居然靠在一个小白脸的怀里，二话不说，走上前去，抬起右手勾住她右半边的脖子，用力把她往自己怀里拢，同时不忘用凶狠的眼神盯死那个帅高个儿。

范小星脖子被勒痛，叫了一声："啊——"这才止了笑。

吴蒙听到后立即转过身来朝门口望去。

"能不给你们'拉拉队'丢脸吗？"司徒仍不肯放下勾住范小星脖子的手，小星也懒得理睬。

"都进来吧，别杵在门口了！"凯丽老师开腔道。

穿着同款服装的泰国三人组朝讲台走去，准备作自我介绍。司徒毕保业等人也跟着走进教室，站在门口的位置。司徒这才把勾住小星脖子的那只手放下来。范小星侧过头看司徒毕保业，然后顺着他的视线看过去，发现李莎明子正专注地盯着站在台上的三人组。

泰国三人组中，站中间的个最高，其余两人也就到他的颈部，放眼望去就像汉字中的"山"，与其说是泰国三人组，倒不如称他们为"泰国山人组"，简称"泰山"，来得形象。

显然，全班女生的目光都被"泰山之巅"牢牢锁定。可以理解，同样是白衬衫、橙色休闲短裤，以及白色运动板鞋，右边的大胖墩儿硬是把这一身装备示范成了大叔同款，而左边的害羞男则穿成了童装，只有"山巅"将其穿出本要传达的校园青春风。

左边的害羞男合掌先说："我是Chai。"

中间的"山巅"紧接着说："我是Thai！"

右边的大胖墩儿道："我是Pong！"

三人一起合掌点头对班里的学生说："大家HA（好）——"随后望向凯丽老师，等待示意。

凯丽老师道："好了，你们找位置先坐下吧！"

三人再次合掌示意后走下台，坐到靠门第三排的位置上。

李莎明子的眼神紧随着Thai，这是她第一次被一个人深深吸引。从他转过身来的那一刻起，她就像其他女生一样被其不俗的外表所吸引：他长着一双和她以前一样的内双眼，浓浓的眉毛加上干净利落的短寸头，让整个人看起来阳光、开朗和可爱。

Pong 右手轻拍了下 Thai 的左臂，用眼神示意他往大美女那里看。还没来得及回神躲闪的李莎明子便对上了 Thai 投过来的眼神，都没等到对方主动跟她点头示意，她便慌张地将眼神调转窗外。Thai 只好尴尬地回过头来。李莎明子突然意识到应该主动打个招呼才好，可回过头来时，Thai 已经正襟危坐。她只好略带失望地将目光聚焦到凯丽老师身上。

这一切微妙的进展被司徒毕保业和范小星尽收眼底，令两人各怀心事。

接着，凯丽老师朝站在门口的三人说："你们仨儿，就不用介绍了，都跟了我们班一学期的课了！我今天要警告你们：在我带的班里，学生要么光荣毕业，要么退学滚蛋，这里没有留级供你们消遣娱乐。今年，无论如何你们都要毕业！回座位吧！"

吴蒙看同伴听完凯丽老师的话一点反应也没有，便凑到跟前，拍了拍他们的肩膀说："可以回座位了。"

司徒毕保业和范小星缓过神来，一起走到门口第一排的位置坐下来。

吴蒙不知道他俩在想什么，居然忘记坐回以前的固定位置，自己亦只好将错就错坐到司徒毕保业后面的第一个座位上。

此时，除了李莎明子和新来的"泰山"，连同凯丽老师在内的全班人都充满好奇：司徒毕保业和范小星这是怎么了？他们平时不都挨着李莎明子坐吗？同学们都默契地把李莎明子左右以及后面一排的位置提前留给他们三个。

而李莎明子对此无动于衷，她似乎已经完全沉浸在自己编织的美好幻梦中，醉不能醒。直到下课钟声响起，凯丽老师拿着笔记本走出教室，同学们也陆续撤离，李莎明子才渐渐苏醒过来，往"泰山"那边一看，三人起身正准备离开。Pong看到大美女朝他们这边看，很是开心地跟她挥手打招呼，李莎明子主动挥手回应。Thai和Chai也跟着一起礼貌地朝她微笑摆手，随后便把Pong连拉带拽地拖走了。

看到 Thai 跟自己微笑，李莎明子很是开心，刚巧也看到吴蒙走到司徒毕保业和范小星的课桌面前"啊"的一声大叫，捉弄他俩，吓得他俩也"啊"的一声从梦中惊醒。李莎明子被这一幕逗乐了，吴蒙赶紧示意司徒回头去看。司徒毕保业刚好迎上李莎明子的如花笑靥。随后，她冲司徒挥了挥手，消失在门口。

这一笑让司徒毕保业如置身梦境。现在，他总算可以肯定，她并没有忘了他！纠结了一节课的问题终于有了答案！

收拾好心情的司徒毕保业看到尚在座位上提不起精神的范小星，便和吴蒙打了一个响指。两人各自承包范小星的一半身体，连搂带抱地把她从座位上抬起来，离开了教室。范小星虽然嘴上嚷着要他们放自己下来，四肢也跟着拍打算是反抗，但内心深处是甜蜜的，且很享受这来自双人的公主抱。她决定不再想那些已经改变了的事情，享受现在才最紧要。

爱情就是这样，来得突然，变得也迅速。

陷入爱中的人，既脆弱，也敏感，对方的一个眼神、一个微笑、一个点头、一个碰触,有时让你思绪万千,有时又让你满血复活,充满再战的能量。也就是凭借着这股力量,他们一条路走到了黑……

第二章 他爱她,她爱他

每个人都爱别人

爱的不同行：他认识她，她认识他；

他喜欢她，她喜欢他；

他爱上她，她爱上他。

爱的不同步：他认识她时，她不认识他；

他喜欢她时，她认识了他；

他爱上她时，她喜欢上了他；

他离开她时，她爱上了他。

■

I

校园的老榕树下曾是恋人们最喜欢徘徊的地点，因此得了个美名——榕情蜜语。如今，这里有了新气象，等着吃面的客人绕着老榕树足足排了十圈之多。可吃客中有多少是为美味而来，又有多少是为美色而来呢？

这家"LA-LA 拉面"是"泰山"他们开的。三人提前一周就到学校参观，当他们看到这棵被校园四大食堂呈倒 U 字型半包围的老榕树，便爱上了这里，觉得这树如同打坐的僧侣般虔诚而宁静。于是，他们租下榕树边正在招租的底商铺位，开起了这家生意好到爆的"LA-LA 拉面"。

站在档口内努力用中文负责点单和收银的是同治大学新晋校草——"招财猫"Thai，Chai 则面带微笑地在领餐窗口负责传餐，并协助自信心爆棚的后厨 Pong。

李莎明子也加入到这条九曲十八弯的队伍。排在前面的几个男生看到校花驾到,无不喜形于色,纷纷招呼李莎明子:"想吃什么?我帮你点!"

李莎明子一脸尴尬正准备回绝,刚好排到窗口第一位的男生还没等 Thai 开口,便跑到李莎明子的面前,慷慨地说:"你站我这好啦!"说完便转身离开,紧接着,站在李莎明子前面的三个男生也装作若无其事朝不同方向的食堂散去。一时间,李莎明子竟有点莫名感激。

路过老榕树的"仨儿渣"刚好看到队列前排校花的身影。范小星瞥了一眼"LA-LA 拉面"的招牌忍不住又笑了,然后一本正经道:"我不想吃面。"

吴蒙也附和:"我也是!"

司徒毕保业两眼低垂、眉头紧锁,侧过头来嘟囔道:"好吧……"随后,一脸沮丧地朝两人转过身,耷拉着双臂、拖着两条大长腿又往他俩身后走,边走边说:"不吃就不吃吧,那就一起——看我吃啦!"

而这两人根本就没听他在说话。吴蒙只顾盯着范小星的手数数，当她示意"三"的时候，两人同时往两侧倒，让刚好转身正想拽着他们一起去吃面的司徒扑了个空。吴蒙和范小星乐得哈哈大笑，司徒毕保业"哼"了一声，拍了两下落空的双手，不服气道："我自己去吃！"

话再说回校花。

李莎明子看到Thai霎时出现在自己面前，有点不知所措，只好不停闪着自己纤长的睫毛，借以掩饰小鹿乱撞的内心。Thai笑道："同学，是你啊！我们只有冬荫功拉面，你YA（要）几碗？"

李莎明子低头娇羞地说："一碗，一碗就够了！"正准备走，听到Thai说道："二十二元，谢谢！"

李莎明子不好意思地"哦"了一声，连忙从包里拿出零钱给他，然后故作镇定地朝店内空座走去。Thai本想叫住她，让她凭结算单在Chai处领餐，但还是自己将单据交给了身后的Chai，并用泰语告诉后厨Pong："你的女神来吃你做的面条哟！要好好表现哦！"Pong 听闻，信心指数爆表，开足马力用心做这碗特别的爱心面条！

司徒毕保业已经等得有点不耐烦了，但还是坚持排队。逛了一圈仍觉得没啥想吃的范小星、吴蒙还是回到司徒身边。司徒毕保业双手抱在胸前，看着两人颓然的样子，不免有点沾沾自喜道："吃啥难吃的了？这么迫不及待地往大哥我这儿投怀送抱？"

两人有点理亏，便不再言语，默默蹭在司徒毕保业身边。

终于轮到司徒毕保业，范小星和吴蒙不约而同对 Thai 说："我要一碗！"

Thai 又问司徒："你 YA（要）几碗？"

司徒毕保业没回过神，以为对方故意爆粗口："你丫——"

范小星赶紧拽住他，并打起圆场："萨瓦底卡——萨瓦底卡！（泰语：你好）"

司徒毕保业方意识到对方是泰国人，遂冷静下来，范小星才放心地松开手。

Thai 不明就里，也只好双手合十，点头对他们用标准的泰语回道："萨瓦底卡！"

吴蒙索性跟 Thai 总结道："三碗，谢谢！"

Chai 来到 Thai 身后，双手合十，点头对吴蒙说："对不起，拉面已经没有了！"

"那好吧，下次再来吃！"吴蒙对 Chai 微笑着点头。

司徒想推开吴蒙上前问个究竟，吴蒙转个身挡在他面前，范小星不拉也不拽，只在他背后轻声喊道："李莎——明子——"

司徒毕保业听闻，立即平静下来，调整好气息，准备转身离开。这时，戴眼镜的书生文书华端着面来到他面前说："我刚端的面条，你要不介意就吃我这碗吧！"

"不用——"司徒毕保业嘴上拒绝,内心却在犹豫,第一次那么费劲吃个面,本来还想借此机会主动和李莎明子说说话的。

"我放这儿了!"文书华把面条放在档口的平台上,然后伸出手对司徒毕保业自我介绍:"我叫文书华,上次真的太谢谢你了,司徒毕保业!"

司徒毕保业礼貌地握了他的手:"应该的!叫我司徒就好了!"然后侧身准备把面还给他,面却不见了,再回过头来,文书华已经朝食堂的方向跑去。

"面在这儿呢!"吴蒙朝东张西望的司徒毕保业喊道。司徒毕保业走入店内,坐到吴蒙身边,对面则是李莎明子。她的额头已冒出许多小汗珠,碗里分明有五只大虾,而范小星和吴蒙两人的碗里却一只也没看到。当然,这并未影响两人吃面的热情,他们你一大口、我一大口地往嘴里带劲地送着拉面,司徒毕保业却只能眼巴巴看着,肚子里全是被吞下的口水。可转眼看着安静吃面的李莎明子,他也就瞬间忘了饥饿,双手无意识地抬起来，作托腮状，全神贯注地欣赏着心上人的一举一动。

由此，司徒毕保业不禁回想起初次遇见李莎明子的场景：那天烈日当空，蝉虫激情高昂地鸣叫，像是为一场即将上演的功夫剧呐喊助威。当时还念大三的司徒毕保业独自在操场被学校的一群恶霸围攻，最后还被他们打倒在地，失去意识，直到一阵阵清凉感在炙烤的脸庞蔓延开来，他才恢复意识。当他努力睁开双眼的时候，一个女生的身影模模糊糊映入眼帘，是她一直拿着湿毛巾给自己擦拭脸上的血渍和汗水。当他无力地又要闭上双眼时，耳朵里飘进一个女声："明子——"他便带着这个名字一起又昏了过去。

"留给你吃的！"说着，范小星把汤碗推到司徒毕保业面前。吴蒙见他正痴笑，眼睛还直勾勾盯着吃面的李莎明子，右手便往他支撑桌面的肘关节上一推。司徒毕保业一惊，瞬间从回忆中穿越回来。本想发怒，可看到汤碗里还留了三分之一的面条，一股热流瞬间涌上心头。他二话不说，拿起吴蒙的筷子吃起来。

范小星抽纸巾擦嘴，顺带抽了一张给吴蒙，又放了一张在司徒毕保业手边，看到李莎明子也放下筷子，额头、鼻头满是汗珠，便又抽了两张纸巾递给她。

李莎明子接过纸巾吸汗，一脸感激地笑着对他们说："谢谢你，范小星！慢慢吃，司徒毕保业，还有吴蒙，我先走了。"

司徒赶紧咬断嘴里的面条，来不及下咽就喷出一句："我——明子——"

李莎明子看到他滑稽的样子不禁莞尔，便用纸巾按着鼻头，挡着嘴偷笑着对他们说："拜拜！"顺便也和一直盯着自己的Pong说了句"再见"。Pong激动地叫Thai和Chai停下手头的点算工作，朝校花一起挥手说道："下次再来！"

司徒毕保业总算把嘴里的拉面吞进肚子，还没来得及好好回味刚刚那心潮澎湃的一幕，范小星便从对面伸出魔掌朝他额头一击，所有记忆瞬间被这一掌拍得七零八落，附带戏谑道："女神都被你吓跑了！还我——明子！"

"别闹——"还想安静回味片刻的司徒毕保业放下筷子，方想起从口袋里掏钱。吴蒙往他后脑勺一拍，提醒道："钱早付了！"

"好！下次我请你们哈！"司徒毕保业也并不客气。

范小星和吴蒙跟着司徒一起离开面馆。至于对"泰山"的那句"同学，下次再来"，也就吴蒙侧过身挥挥手，算是回应。

晚上，司徒回到家，躺在松软的床上，才又意识到中午吃面时他和李莎明子之间的距离竟如此之近，只要当时他主动低下头，便可以轻轻碰触到她早已冒满汗珠的额头；又或者，如果她能恰巧抬起头，刚好与他对视，她便能清楚看到他眼里的她。

或许从那一刻开始，原本一直平行的两条线会因此产生一个交汇点，她和他之间的故事，也许会因为他的主动和她的珍惜变得截然不同。

但缘分这事儿，谁又能说得准？缘有多深？情有多真？

是顺还是逆？到最后是归为友情、爱情，还是亲情？必定不会简单到被人的主观意识而左右。

缘分至终，故事尾声，他和她才会明白：彼此交往，除了事在人为，还须等天时、看地利。

他和她的缘分不过是蜻蜓点水，故事也只刚开了个头，后面的路还长着呢！或许哪次不经意的遇见或转身，他和她就有了新的追求和目标！

2

窗外淅淅沥沥下着小雨,水珠顺着落地窗缓慢滑落,远处的青山云雾缭绕,更添神秘。身穿荧光绿色运动服的司徒毕保业此刻已挥汗如雨。他从跑步机上走下来,朝浴室走去。

从浴室出来,他在琳琅满目的衣帽间换上一身亮黄色的球服,目光锁定镜中人,脑海中不停切换着自己在今天体育课上将会迸发出的各种光芒四射的表现,嘴里同时还吹响了得意的口哨。随后,他小跑下楼,在门口匆忙换上黄色球鞋,拿上车钥匙,一脸兴奋地开门跑出去,阳光明媚的心情丝毫没有受到阴雨蒙蒙的影响。

今天体育课上将要进行的是国贸一班与旅游二班的篮球比赛,可由于这不应景的天气,比赛地点从往常人流不息的操场转移到相对逼仄的篮球馆。

也许是受到场馆空间的限制,司徒毕保业的发挥受到了影响，比赛已经进行了十分钟，球服也已被汗水浸透，但作为前锋的他颗粒无收，没为国贸一班投入一个球。尽管和中卫吴蒙配合默契，但司徒投出的球就像是和球筐有深仇大恨似的，总是被球筐反弹出去。看台上的同学都已做好为他拍手喝彩的准备，无奈此刻都化作一声声遗憾不已的叹息。李莎明子和范小星也夹杂在观众中，原本亢奋不已的心情也渐渐荒芜起来，从喜形于色转为默默祈祷。

而同样代表国贸一班出场的"泰山"组合则成为一个亮点。Pong 和 Chai 作为球队的两名后卫，由于受到体重和身高的限制，在投传球和防守时难免出现失误，而"巅峰"Thai 却让人眼前一亮，稳健的身手令人交口称赞，尤其是三分线外的一投即中，成为国贸一班本场投进的首球。看台上，国贸一班和二班的女生同时为 Thai 送上欢呼喝彩：一来是发自内心地表达她们对 Thai 当机立断和矫健身手的赞赏；二来是想通过这种呐喊释放 Thai 向她们微笑挥手后所引爆的亢奋情绪。

李莎明子也跟着众人呐喊着 Thai 的名字，为他鼓掌。当她看到 Thai 转头朝看台送上一个温暖的微笑时，不由得提高了嗓门儿，似乎想示意他——我在这里！

范小星虽然也为这个进球开心，但看着司徒毕保业那张紧锁眉头的尴尬面孔，心情很快又黯然下来。

旅游二班的球员见观众反响如此热烈，内心深受双重打击：一是他们已经率先得了 5 分，具有绝对的领先优势；二是此前队长王猛投进一个 3 分球，也不见本班女生对此表现得有多疯狂。可 Thai 的一记 3 分过后，居然掀起排山倒海的尖叫热捧，足见颜值已成为行走江湖的独门利器。旅游二班的球员面面相觑，纷纷拍拍队长王猛的肩膀，以示默哀，并善意开导道："花痴的世界就是这样血淋淋的残酷！节哀顺变！"

司徒毕保业虽然也和吴蒙一样在场上跟"泰山"击掌庆祝，但更像一种例行公事，他内心更希望自己亲手为班级送上这记 3 分球。不过既然已经打破零分僵局，索性和"泰山"他们众志成城，更加投入地参与这场关乎班级荣誉的鏖战。

比赛进入白热化状态,双方攻守互不相让。当体育老师吹响上半场结束的哨声时,双方比分依然维持在 3:5。

中场休息时,看台上的女生像龙卷风般朝 Thai 袭来,将他团团围住,把他卷进漩涡中心。屡遭女生擦肩而过的 Chai 扶着气喘吁吁的 Pong 坐在看台边备受冷落。李莎明子看到 Thai 已被紧紧裹挟至人墙之中,转而和范小星一起走向同样倍感失落的司徒毕保业和吴蒙。

"给!"范小星和李莎明子几乎同时把手中的饮料递向司徒,这让他一时不知拿哪个才好。

吴蒙倒是不客气,说了声"谢",一下子接过范小星递来的维 E 功能饮料,并把她另一只手上的饮料夺过来,朝 Pong 和 Chai 走去。

"谢谢!"司徒毕保业心花怒放地接过李莎明子递来的矿泉水,同时朝范小星抛了个媚眼,算是对自己这一重色轻友的举动表示歉意。

"甭担心,下半场我上!我现在去跟老师说!"范小星面无表情地说着,随后径直朝体育老师走去。

司徒毕保业和李莎明子尴尬地站在原地,一时语塞。司徒微微抬起头,咕噜咕噜喝着明子递来的矿泉水,第一次喝出了广告词所描述的味道——有点甜!而对面的李莎明子则朝人群中央的 Thai 望去,虽然他一个劲地对众迷妹们说着"谢谢",可眼睛却越过攒动的人群寻找着他的兄弟们。看着吴蒙把饮料递给 Pong 和 Chai,随后坐在他们身边,三人有说有笑的样子,Thai 的神情里流露出一丝丝紧张。Thai 心不在焉的样子让李莎明子的内心不知怎的隐隐跟着不安起来。

中场休息结束后,司徒毕保业已经把水喝得一滴不剩,刚准备要和明子好好套套近乎,却发现眼前都是纷纷走回看台的观众背影,女神更是芳踪已渺。

此时,体育老师拿着球站在场中央,征求众人意见:"一班女生范小星想替换队里一名球员上场比赛,二班有意见吗?"

"不——可——以！"二班同学几乎是异口同声。

范小星早已按捺不住,向王猛挑衅道:"你们要是能赢,说什么就是什么,不然你们就是怕输给我们!"

"好,我们若赢了,你们'仨儿渣'就不准再接近我们的校花!"王猛说完朝对面看台的李莎明子望去,怎奈校花却低着头并没给他期待中的回应。

"脸皮也是够厚啊!"范小星嘲笑着回应王猛,而司徒却给她送去一抹忧虑的神情。

体育老师吹响下半场的比赛哨声,并将球抛向空中。范小星一马当先接球,迅速传给司徒毕保业。也许范小星真的是一颗"幸运星",司徒这回成功接球、运球、投球,行云流水地完成一次3分进篮,让对手猝不及防,总算是雪耻了。文书华第一个从看台上站起来为他鼓掌欢呼,紧接着,反应慢半拍的同班同学也跟着欢呼起来。

范小星个头虽小,投球命中率也不高,可贵的是,她尤其懂得眼观六路耳听八方，可以迅速识别对方的防守漏洞，并传球给合适的队员，为场上的司徒、吴蒙、Thai 创造了不少投篮机会。说她是在力挽狂澜，一点也不为过。

下课钟声响起，王猛的又一记 3 分球让旅游二班的比分再次领先。看着愈加激烈的赛况，体育老师并未有要结束的意思。国贸一班的队员更加卖力抓紧时间，意图追平比分，最后是 Thai 的一个扣篮进球把双方比分扳平。女生们的尖叫呐喊声再次海啸般席卷篮球场馆的角角落落。其实，Thai 进不进球并不是最紧要的，他的存在本身已经成为在场女生心中的传奇，一颦一笑皆成经典，几乎每个动作、造型都可以截屏保存。

上课的钟声响起，Chai 知道已经没有多余的时间把刚截到的球传给其他队员了，索性尝试自己扣篮，而对方负责防守他的一名后卫显然参透了他的意图，突然纵身跃起，正面朝 Chai 的胸腹部撞过去，Chai 瞬间被撞倒在地。吴蒙看到此举后，本能地上手把肇事者也重重推倒在地。体育老师立即上前阻止双方球员的暴力行径，并吹响了结束的哨声。

看着自己扣篮投出的球顽皮地沿着球筐边缘犹犹豫豫转了大半圈才决心勇敢地跳进去，Chai 那颗悬着的心才算尘埃落定，方意识到肉身的疼痛。

吴蒙及时出现在他面前，并朝他伸过手来，鼓励道："兄弟，好样的！"

Chai 撑在木地板上的双手还没来得及抬起，Thai 已经蹲到他身边，想搀扶他起来。而另一个兄弟 Pong 也从看台方向跑来。Chai 颤颤巍巍站起来，朝吴蒙和赶过来的司徒毕保业、范小星点头，轻声说了一句："谢谢！"

由于后面还有课，体育老师没有对犯规的旅游二班进行罚球，直接宣布国贸一班以 10∶8 的比分赢得了比赛。

听闻喜讯，Chai 开心得撑着两个兄弟的肩膀跳起来，还铆足了劲地高呼："啊——啊——啊！"

"真把'瘦子没肉摔着就不疼'这句玩笑当真了，现在知道真相了吧！哈哈哈——"

"别逗他了！Pong，我们现在赶紧送他去医务室，让大夫看看！"Thai 的神色颇为严肃。

"对不起！让一让！谢谢！"Thai 他们一边说一边用手示意围堵他们的女生让出一条道路，并不忘和吴蒙、司徒、范小星道别。

随着"泰山"一行的离开，其他人也陆续散了。

司徒毕保业捕捉到人流中的李莎明子，赶紧抓住这个时机鼓起勇气叫道："明子，中午——跟范小星、吴蒙，我们一起吃饭吧！你想——"

"不了，我下午还有课。"李莎明子的声音有些疲惫。看着她有点黯然神伤的背影，司徒也霎时少了胜利的喜悦，而且怎么也想不通"下午有课"跟"中午一起吃饭"有什么冲突。

"别想那么多啦！人家是累了想睡觉！现在才九点，正该回窝补觉。这你就不懂了吧，下雨天睡觉最是惬意，也是女生养颜、养心、做美梦的好时机！"范小星一副了然于胸的样子。

"得了吧,下雨天跟火锅更配,好么!你个土鳖,啥都不明白还装女生!"司徒毕保业朝范小星的脑袋来了一个狠狠的弹蹦儿。

"土豪哥,那带我们去吃火锅吧!"

"看在你刚刚球场上临危受命、一往无前的表现,准奏了!"说着,司徒毕保业得意地搂着范小星和吴蒙这两个"爱妃"一起走出篮球馆。

对司徒毕保业而言,爱情如果是奢侈品的话,那友情就是生活中的必需品。标价不菲的奢侈品他能买到,但对李莎明子这个无价的奢侈品,他却显得束手无策。而范小星和吴蒙则是让他恢复活力、重获养分的纯净水,像空气一样不可或缺。

篮球馆外,雨越下越大。雨丝加快了编织的节奏,贪玩的雨滴会在叶片上先蹦跶几下,而听话的则会垂直地砸向地面，渗入土壤。

围绕操场的绿色铁丝网被雨水冲刷得色泽更加清新，斜对面的林荫道上一块块凸起的板砖也被刷洗得干净异常，而美食广场中心地带那位盘腿而坐的榕树僧侣却被这场雨浇得愁绪万千。

俗话说，一场秋雨一场凉，但这场雨浇凉的可不只是天气啊！

第三章 过去过,未来到

每个人都爱别人

对的时间，遇见错的人，那是过去!

对的时间，遇见对的人，那是未来!

I

"问你们个事儿。你们可要对天发誓,接下来回答的每一句话都不能昧着良心,要说实话!"司徒毕保业放下手中的筷子,一本正经地对两个大快朵颐的死党说。

"成!"吴蒙看了司徒一眼,埋首继续吃。

"问吧,我们现在正是嘴软的时候!"范小星一边回应一边鼓着牛眼用筷子在火锅里拣挑司徒刚下锅的豆皮。

"你们说明子都主动给我送水了,为什么我约她吃饭却被拒绝呢?难道是欲擒故纵?"说完,连司徒毕保业自己都不好意思地低下头。

"必须是啊!哥,你是谁——校霸啊!同治大学里有谁敢拒绝你?有谁拒绝过你?除了李莎明子,你还能想到谁?没有了吧,这就是她要的结果:给你留下无尽的遐想,让你深入骨髓地对她念念不忘啊！"吴蒙的感慨发自肺腑。

"蒙弟，哥总算没白疼你！来，再吃点这个！"说完，司徒毕保业用漏勺给吴蒙捞了几个平日他最爱的鹌鹑蛋。

"谢谢哥！"说完，吴蒙隔着桌子飞了个吻送给司徒。

"我觉得她今天挺怪的——"范小星放下筷子，自顾自说道。

"哪里怪？你快说！"司徒毕保业迫不及待想听闻范小星的真知灼见。

"第一，主动给你送水喝……"范小星看了看司徒。

司徒毕保业一脸茫然地回应道"怪么"，又看看吴蒙。吴蒙嘴里塞满了食物，只能一个劲地冲两人频频点头。

"跟蒙哥刚说的其实是一个道理。李莎明子，她可是我们学校的校花。你们有在学校见过她主动跟男生打招呼没？没有吧？平时那么高冷的女神今天居然主动给男生送水，这意味着什么？很明显，她是想告诉你——她喜欢你，司徒毕保业！不过,喜欢就是喜欢,有必要欲擒故纵吗？不嫌麻烦吗？"说着说着，范小星居然自己生起气来？倒是对面的司徒听后，面露得意。

"第二，我和她并肩坐在看台上，只要 Thai 一投球，她都会条件反射般地双手紧握,像在帮他祈祷一样。等球真进了，她就欢天喜地跟着其他花痴一起欢呼雀跃，嗓子都快喊哑了，完全没有平日里的高冷范儿。如果真像我刚才第一点所推断的那样，那不是跟我在看台上看到的她自相矛盾吗？"说完，范小星似乎仍是气鼓鼓的样子。

"难不成她两个都喜欢？"吴蒙有点冒失地总结道。

司徒毕保业的脸色陡然发生变化，沉默了片刻，再次很认真地问两个心腹："我帅还是 Thai 帅？"

"你帅！绝对的！必须的！"

"哥,人家可是新晋校草——"

"吃饱了是吧,啊——"司徒毕保业将拇指和中指圈起,在口边哈足了气,然后朝范小星的额头重重弹了一发,并警告道:"你再躲一下,就追加两个!"范小星只好紧眯着双眼不敢动,但还是被司徒补发了两记。接着,他又朝正低头偷笑的吴蒙脑袋瓜上也狠狠弹了一下,抱怨道:"还笑,都是你害的!"

吴蒙摸着脑袋不解地问:"我怎么了?哥!"

"要不是当初听信了你的胡说八道,我早就追到明子了!你说是不是,小星?"

"啊?"范小星一头雾水。

"当初,我告诉吴蒙,我喜欢上一个叫明子的女孩,让他帮我想办法追,他就跟我瞎诌什么追求女孩要低调啦,不让我直接紧挨着她坐啦,说什么怕会吓到她啦,也不让我主动跟她说话,怕她觉得我轻浮、纨绔、徒有其表,更不让我跟她坐在一起吃饭,说什么怕她会烦会腻。还不停地给我一个劲儿地大碗大碗灌'鸡汤',说什么最能够打动女孩芳心、使她难以忘怀、让她刻骨铭心的就是暗恋云云……现在好了,暗恋了大半年,好不容易主动约她吃一次饭就被拒绝了。是谁当初信誓旦旦地说'念念不忘,必有回响'?现在看看,回响在哪?还半路杀出个程咬金!这不是自毁长城吗?"

吴蒙赶紧推卸责任道:"哥,人家拒绝你,你就全赖我呀?谁当初没事闲的天天请我吃饭喝酒?看来,今天我不把事情来龙去脉全吐出来,好好掰扯掰扯,都对不起我这颗窦娥的心!"

"有你这模样的窦娥吗——骗子!"司徒毕保业狠狠盯着吴蒙的眼睛,看得对方胆战心惊。

范小星突然说道:"司徒,你说会不会是她有社交恐惧症啊?你看,我们都跟了她一学期了,在食堂从没见过她跟别人一起吃饭,每次不都是她一个人独占四个人的位置在那里安静地吃饭吗!"

"你别说，司徒，还真是诶！在食堂，咱们可没像在教室那样轰走坐在她周围的同学，而是离她远远的，并没有打搅到任何人啊！"吴蒙随声附和。

"唉，早知如此，上次不该不打招呼就跟她坐一起吃面……"司徒毕保业悔恨不已。

"拜托，上次只有她那桌有空位好吗？也不能怪我们吧！你要这么想，我们不也一声招呼都没打就坐她旁边上课了吗？是吧，小星？"吴蒙还一个劲儿地说个没完，范小星索性在桌底下狠狠踩了他一脚，示意他收声。

范小星不忍心看到司徒难过的样子，遂努力安慰道："司徒，你这么快就忘了？上次吃面的时候，明子可是主动叫你名字，跟你说话的哦！而且她还冲你微笑说再见呢，所以，她肯定是不介意的！更何况，她今天还主动送你水喝，这是多么明显的表白啊！你还难过啥？"

"对啊！对啊！你看我开的方子果然没错吧，虽然见效慢，但只要长期服用，一定有效！"吴蒙顺着范小星的思路走。

司徒毕保业想想也是这么个道理，更何况，他还需要时间去了解明子，以便弄清如何做才会让对方一心一意接受自己。当然，他现在也不能坐以待毙，需要采取实际行动让她知道他的爱。

当司徒毕保业理清思绪，调整好心情，下午来到教室门口的时候，却看到"泰山"三人居然坐在明子后面一排，而且坐在女神正背后的是 Thai。他一边不停旋转着圆珠笔，一边倾听 Pong 和 Chai 说话，脸上还时不时露出一脸坏笑，让心情稍好的司徒毕保业又一下子眉头紧锁。

吴蒙和范小星两人则一直在司徒左右互使眼色，谁都不肯率先走进教室轰走"泰山"。

"嘿——这里！"正跟 Pong 有说有笑的 Chai 刚好看到站在门口的吴蒙，遂扭过头来冲他们招手。

吴蒙见状，只好尴尬地笑着回应对方。

"进去吧！"司徒毕保业冷冷说道，然后径直朝校花的座位走去。

此时，李莎明子正埋头用 2B 铅笔在本子上来回描画着：素色的海滩上，站着两位十指紧扣、彼此深情对视的新婚佳偶。新娘的头纱随风起舞，嘴角划出优美的弧线，眼睛注视着她的王子。明子停下笔来，欣赏着这幅画面，忍不住杜撰出一段牧师的经典念白："李莎明子，你是否愿意嫁这位来自泰国的 Thai 先生为妻，不论贫穷富贵，不论健康疾病，都愿意爱他一辈子？"

明子微笑着在心中默念："我愿意！"

还没等牧师问到 Thai，明子就被范小星的喊声打断。只见她一个箭步向前插进这排座位的台阶入口处，把司徒毕保业挡在后边，率先来到明子身边。见状，李莎明子慌忙合上绘图本子。

司徒毕保业看着自己下了很大决心和勇气想要抢到的位置被范小星出其不意地占领，很是丧气，可同时也感到从走上台阶起就开始剧烈跳动的小心脏现在总算能够平缓下来，遂若无其事地坐在了小星身边。而吴蒙索性坐到了他们后面——Chai 的旁边。

"你的伤怎么样了？"吴蒙问 Chai。

"已经没事了！"说着，Chai 还给他秀了秀自己左臂的肌肉。

吴蒙"哦"了一声，却紧抿着唇，极力掩饰想笑的欲望。

"你——"还没说完，Thai 就轻轻推了 Chai 两下，示意他老师来了。

课上，司徒毕保业为了越过范小星看到李莎明子，不得不持续调整坐姿以及脊椎的曲直弧度，可刚看到李莎明子的侧脸不到两秒，就被不识趣的范小星给阻挡了。如此折腾了几个回合后，司徒毕保业索性直接趴在桌上仰视自己的女神，即使范小星再做干扰，他还是能以最大画幅欣赏心中的缪斯，尤其是她那纤细突出的锁骨，实在令他心驰神往。

此时,老师抑扬顿挫的声音犹如一首循环播放的催眠曲,让围绕在李莎明子和 Thai 身边的人昏昏欲睡。Thai 甚至偷偷拿出手机,给每个大出洋相的家伙拍了写真。而坐在 Thai 前面的明子,似乎察觉到了 Thai 的恶作剧,整堂课都保持优雅的仪态,就连偶尔顾盼都事先把左耳边的发丝轻轻顺到耳后,露出完美的侧颜。如果自己也被 Thai 捕捉到镜头中,明子希望留下的是一个无懈可击的倩影。

直到下课,老师和其他同学都走光了,以上诸位"仙人"还在梦游太虚幻境。李莎明子被熟睡的同学挡着,不能离去。她无奈地回头看了看后排 Thai 的情形,发现同病相怜。两人不由相视一笑。

"要不要叫醒他们?"明子小声问 Thai。

"叫不醒的!你看——"Thai 使劲推了推 Pong,还捏了捏他肉肉的鼻头,后者像赶苍蝇似的挥了挥手,无动于衷。明子不禁莞尔。Thai 又轻轻推了推 Chai,对方也是毫无反应。

Thai 从座位上站了起来,往前后左右看了看,一个转身踩上了椅子，紧接着踩上后排的桌子，最后在台阶处的桌边跳下来，落地无声又不失帅气。站定后的Thai回头看到"困局"中的李莎明子面带微笑地对自己竖起了大拇指，遂提示她说："你就像我刚才那样出来就好了！"

李莎明子一时有点为难。她担心脚上的高跟鞋会让自己出洋相，而当着Thai的面脱掉高跟鞋貌似又很难为情，只好按兵不动，持续在那里犹豫着。

"没事，你站上来吧！"Thai来到李莎明子前排的位置，一只脚踩稳了前面的座位板，一只手伸向李莎明子。李莎明子只好站起来，用手把齐膝的裙子往里收了收，然后抬起一只穿着裸色高跟鞋的脚。此时，Thai才注意到李莎明子穿的是高跟鞋。看着她两脚站在座位板上有些颤抖，Thai索性踩上她的桌子，弯下腰双手抓住李莎明子正在空中乱舞的双手。

有了Thai的扶持，李莎明子就像空翻后的体操运动员站稳平衡木一样，不再害怕重心偏移，坚定地抬起右脚，踩上桌面。当左脚即将着陆的时候，司徒毕保业的一声"明子"

横空出世。

司徒毕保业的尖叫来得太不是时候，吓得李莎明子脚下一滑，身体顷刻失去平衡，大有玉山倾倒之势。眼疾手快的Thai赶紧上前拽紧她的左手，把她往自己怀里拉，同时另一只手在李莎明子松开的刹那转而搂住她的纤腰，顺势将她整个人安全地搂进怀中。Thai那颗原本忐忑不安的心总算落听了。而李莎明子惊魂未定的心也着实在Thai的怀里被融化成水，水面上还荡漾起一波又一波的涟漪。

除了Chai，所有人都被惊醒，目睹了校花李莎明子和新晋校草Thai紧紧相拥在一起的甜蜜画面。

大戏尚未闭幕，司徒毕保业已准备转身离开，吴蒙和范小星紧跟在他的后面。Pong推开尚未清醒的Chai。睡眼惺忪的Chai一把抱住Pong庞大的身躯，用泰语道："Pong，能不能让我先出去,你知不知道这样我会窒息的啊——"Pong装作没听见似的，硬是挤压着Chai的身躯挪出去了。

Thai听到Chai的抱怨后，立即放开李莎明子，飞身蹬到 Chai 身边，用泰语关心地问道："痛不痛？"

Chai 右手揉了揉已经被压麻了的左手，摇摇头。

"你们看到什么了？"Thai 突然显得很紧张的样子。

"什么看到什么啊？"Chai 看出了 Thai 的紧张，又看到李莎明子站在旁边，像是猜出了什么似的追问道："哦……你和李莎明子……哈哈……你们刚刚干什么了？快快快……老实给我交代！难怪 Pong 发那么大的火气。"

Thai 一把搂住 Chai 的肩膀，忙不迭地解释，说是大家误会了。

"泰山"一行有说有笑地离去，竟忘了和李莎明子告别，这让她徒生一种被冷落的感觉，空荡荡的教室瞬间变得更大了。清空了梦的工厂，就是一个苍白冰冷的车间。李莎明子开始觉得刚才自己杜撰的那个沙滩美梦虚假得可怜。而她的失意表情也成为噩梦烙印在司徒毕保业的脑海之中。

2

那晚，司徒毕保业飙车至深夜，似乎想用物理速度带来的畅快淋漓冲刷掉精神上的颓唐和灰败。当然，努力是徒劳的，带来的是平静后更大的寂寞。

客厅里的电话响了，司徒毕保业装作没听见。他径直穿过客厅来到泳池边，本想找个躺椅休息一下，可刚走到池边，无意中朝池水望了一下，看见了自己的倒影：憔悴、疲倦，甚至有点狼狈。这还是那个自命"玉树临风""天之骄子"的翩翩公子吗？司徒毕保业赖在学校三年不肯走，今天却第一次有了逃离的念头。

客厅里的电话还是响个不停。沉默许久的司徒毕保业站起身来，脱下黄色球服，只剩一条平角内裤，然后双手平举，纵身一跳，没入泳池。少顷，才从水中露出头。黑色的苍穹，月亮是独一无二的存在，而守护月亮的星星却多得数不胜数。也许，李莎明子就是那当空皓月，而他只是繁星中的渺小一颗。

司徒毕保业突然有点顿悟了。

直到感觉池水的清凉渗透至皮层下每一处毛孔、肌体内每一个细胞后，司徒毕保业才包裹着浴巾回到客厅。

电话再次响起。这次，司徒毕保业拿起了话筒，语气有点敷衍："我很好！你们放心。我是不会去的。我要留在这里——还有，不用每天给我打电话。我那么大的人了，又不会走丢。好了，就这样吧！挂了！"

说完，司徒毕保业把话筒放回话机，顺手拿起旁边一张幼年时代的全家福，然后坐在皮质沙发上盯着照片又发起了呆。照片中，小男孩那张灿烂的笑脸让他追忆起三年前和父母在机场分别的情景。

那天，司徒爸爸一句话也没跟儿子说就率先进了机场，只有妈妈还在机场门口跟儿子依依不舍。

"保儿，你确定不和我们一起走吗？"

司徒毕保业坚定地点点头。

"你要想我们了,记得过来看看我和你爸。你要不来,我可就回来喽!"

"妈,我会的,你就一万个放心吧!"司徒毕保业希望妈妈赶紧追随父亲而去。

司徒妈妈忍不住掉下眼泪埋怨道:"我和你爸辛辛苦苦把你养这么大,都不如一个丫头就瞅了你一眼……"

"妈,这并不影响你们在我心中的地位啊!我只是长大了,有了喜欢的人,想陪在她的身边……而且你们把我生得那么帅,我一定会追到她,让她做您儿媳妇的!放心了吧,来亲一个!"说完,司徒毕保业在妈妈的脸颊深深一吻。

"唉——真是拿你没办法!记得要好好照顾自己!记得要打电话给我们!记得冷暖要加减衣服!"司徒妈妈又要哭了。

"妈,你又来了,快走吧!"

"你看看你，一点都没有舍不得我们的意思。你为什么不肯让我留下来陪你，我可以——"

司徒毕保业的耐心有点走到终点的感觉。他无可奈何地摇摇头，然后紧紧把妈妈抱在怀里，用手掌轻拍她的背后，又把她的泪水擦拭干净。现在反倒妈妈成了儿子怀里的宝宝。又温存了片刻，司徒妈妈才一步三回头地往机场大厅移步。

现在想来，司徒毕保业竟有点后悔没和父母一起登上飞往瑞士的航班。彼时的他是那么天真和自信，不，应该是愚蠢和自负。原来，再优渥的外在条件、再炙热的一往情深也不一定能换来如花美眷、心想事成。也罢，既然选择留下来，那么，就必定要对自己有个交待。

第二天早晨，司徒毕保业踩着一路朝霞来到学校，在操场上一圈又一圈地奔跑着，直到大汗淋漓，方才有种如释重负的感觉和放松，堆积于心头的毒素似乎透过毛孔融入汗液被通通排出体外。

与此同时，范小星和吴蒙在榕树旁的林荫道碰头。两人已分头找了半晌,都未见司徒毕保业的身影。

"我昨天给他打电话、发微信都没回。今天早上 6 点,好容易发信息和他说好一起吃早饭,谁知现在又处于失联状态——"范小星一边翻看手机一边焦急地跟吴蒙汇报。

范小星的眼中布满熬了一夜的血丝,我见犹怜的。吴蒙试图安慰心慌意乱的小星:"既然都回信息了,你就甭担心他了!我还不了解他,即便被判了死刑,不到上法场的那一刻,他是绝不会放弃的!你还是多关心关心自己吧!你看你的眼睛,怎么红成这样……"

范小星根本未曾留意吴蒙突然变得温柔的语气,反而是有点文不对题地说:"周末放假,我们找个地方散散心吧?"

这次颇不寻常,一向一副"憨人样"的吴蒙突然变得一根筋,不依不饶的口吻让人不得不正视他的严肃:"你不用岔开话题!不管我们去哪儿玩,司徒的心里装的都是李莎明子!你为什么不告诉他,你其实——"

"够啦！"范小星终于崩溃，用一个破音阻止吴蒙继续说下去，"都过去了，现在已经不重要了！"她依然记得那天司徒毕保业被打伤醒来后说的第一句话：明子，明子，明子……我要恋爱了……范小星从未见过如此欣喜若狂的司徒毕保业。

"范小星，你是女孩儿，本来就没多少青春可以挥霍。要为自己活，为值得的人活。或者，干脆告诉他，明明白白地告诉他——你，范小星，喜欢……"吴蒙也被刺激得语无伦次。

"嘿，你们在聊什么呢？"

吴蒙和范小星突然像卡带般定在那里，不再作声。闻声望去，只见司徒毕保业双手拽着脖子上的白色毛巾，正朝两人走来。

范小星慌忙地用手抹了抹面颊凌乱的泪水，然后兔子般越过吴蒙，奔跑而去。

"她怎么了？抽风了？"司徒毕保业和吴蒙打趣。

"要是抽风就好了!"吴蒙一脸失落。

司徒毕保业又扭头盯着吴蒙,诧异地问:"你又怎么了?也吃错药了?"

"……饿了!"

司徒毕保业嘴角上扬,一只手搭在吴蒙肩头,却发现对方没有要走的意思,不解道:"怎么?不走?"

"去哪儿?"

"去给你好好补补脑!"司徒毕保业拽着吴蒙往范小星离去的方向走去。

已跑出老远的范小星回头发现并没有人追上来,赶紧找了一条长椅坐下歇脚,不忘用手拍着胸脯给自己压惊:"好险,好险。"

"做什么亏心事了?"司徒毕保业的声音横空出世。

"啊——"范小星再度受到一轮惊吓。

"晕菜！你想吓死你哥啊！"对于范小星的一惊一乍，司徒毕保业显然也没有任何思想准备。

"你……你能走路带点声儿嘛！"向来大大咧咧、口无遮拦的范小星居然也有嗫嚅的一天。

"你，没事儿吧？"司徒毕保业感觉范小星今天一反常态，赶紧上前一步用手摸摸她的额头。范小星就像被一道符咒定住了似的，一动也不动。

"嗯，有点烫！吴蒙，你也来摸摸，可能我刚运动完！"司徒毕保业冲吴蒙招手。

"是你的手烫啦！"吴蒙原地未动。

"是吗？"司徒毕保业有点怀疑，又用手摸了摸自己的额头。

"对了，这周末我们去哪儿玩？"范小星赶紧转移话题。

"要不，我们约上李莎明子一起吧，看她想去哪儿玩？"司徒毕保业突然面泛红晕，竟有了点少女般的小害羞。

"为什么约她？一直不都是我们仨儿玩吗？"吴蒙反对道。

"我决定了——我要成为距离李莎明子最近、最耀眼的启明星！我不能再被动地等下去了，要主动出击。上帝只青睐那些有所准备的人！我不仅要有所准备，还要充分准备，不能让她被更有准备的人抢走！"司徒毕保业突然高瞻远瞩起来。

此时，林荫道上安静得能听到微风路过的声音。阳光的照耀下，地面的温度已经开始缓慢爬升，可范小星的心已经down至冰点，可脸上的容光却依旧明媚可人。她又是一马当先拍着胸脯道："包在我身上！"

"爱死你了，小星！"司徒恨不得朝小星的额头吻下去。

"我先走了！"吴蒙有气无力地说完，却马力十足地跑远了。

"我去帮你约李莎明子。"说罢，范小星也想转身离开。

"不着急！"说着，司徒习惯性地搂过范小星的肩膀，一起朝食堂方向走去，"先填饱肚子再说！"

"LA-LA拉面"的门脸儿挂着"上课·休息"的提示牌，门内却飘散出泰文的乐曲。

汗流浃背的吴蒙直接推开门，看到Thai正边哼着小曲儿边擦着桌子，也顾不得许多，一下子坐在Thai的面前。

"吴蒙同学，对不起，我们已经休息了！"同样在领餐窗口做清洁的Chai回过头来，对吴蒙说。

筋疲力尽的吴蒙显然没有多余的力气回答对方，直接挥了挥右手，示意并不是来吃面，随后又是一副垂头丧气的样子。

"你——"Thai 刚要发问就被 Chai 用手轻轻拦住。心思缜密的 Chai 与 Thai 对视了一下,然后摇了摇头,而是倒了杯清水放到吴蒙面前。可让 Chai 未曾想到的是,吴蒙竟然连他的手也一起握住。

"周—末—要—不—要—一—起—去—玩?"吴蒙几乎是一个字一个字地从牙缝中挤出来,说完,抬起头才发现自己握错了手,不好意思地赶紧松开 Chai 的手。为了掩饰尴尬的气氛,吴蒙将杯子里的水一饮而尽。

Thai 则一言不发地站在吴蒙面前,目光如炬地盯着他。

"出去玩?好啊好啊!"Chai 似乎感到空气凝结了,马上故作开心地解围。

"没时间——"Thai 脸色不大好看,语气更是硬冷。

"Thai,我们去的这个地方是非常有名的度假村,有山、有湖,还有大片大片的芦苇丛,最重要的是——"吴蒙赶紧做详细解说。

"请不要说了——"Thai 铁了心地不想去，本想进一步打断吴蒙，可他的话却被刚刚完成清算工作的 Pong 给打断。

"最重要的是什么？"Pong 的兴趣被引逗了出来。

"最重要的是，我们还可以在湖边搞搞烧烤、唱唱歌、跳跳舞，享受享受大自然！李莎明子说晚上我们还可以一起泡泡温泉，放松放松！"吴蒙显然想以李莎明子为诱饵，鼓动 Pong"入伙"。

"算我一个！"一听校花到场，Pong 立刻神清气爽，毫不犹豫地答应了。

"一起去，一起去！"Chai 赶紧抓住这个机会，边摇晃着 Thai 的臂膀边央求，竟有点撒娇的成分在里面。面对两个充满期待的好友，Thai 不便再从中作梗，算是默认了。

"OK！那就一言为定！确定好时间，我会立刻告诉你们哈！"说完，吴蒙起身准备离开。迈出门槛的一刹那，他突然如释重负，感到压在心头的哑铃彻底落地了。

吴蒙站在面馆门前，看着美食广场如梭的人流，有些是独自坐在老榕树下的长条绿椅上，闲散地喝着牛奶的新鲜面孔。他们戴着耳机听着歌，一副与世隔绝、岁月静好的自在相儿，让吴蒙看着顿时心生羡慕。更让他艳羡不已的是那些成双结对牵手出入食堂的情侣们。爱情真美好！大学生活最激动人心的部分似乎也正在于此，不是吗？

"看样子，你也很喜欢这棵LA树啊！"

吴蒙猛地回头，看见正准备出门上课的Chai。

"LA树？"吴蒙没忍住笑出声来，"我的泰国朋友，它叫榕——树！"此刻，他方明白为什么这家拉面馆要叫"LA-LA"。

"我们知道它叫榕树，我们是说它树龄LA（老）！"说话的是Thai。他刚好从门口出来，听到两人的对话。

"树龄LA？！哦，你是说'老'！"吴蒙恍然大悟。

"老——"Thai 和 Chai 很费劲地发出这个音。

"L-AO-LAO！"吴蒙用分解式教他们发音。

"L-AO-LAO！"两人跟着学舌。

"走吧！"这时，出来的是 Pong。说完，他转身关好门。

"那'LA-LA'什么意思啊？"Chai 好奇道。

"我还想问你们呢！"吴蒙正想知道这奇怪店名的由来。

"因为它 LAO——"Thai 解释道。

"老！"吴蒙又教了一遍。

"嗯，比'老'还'老'，所以叫'LAO-LAO'！"

这回，吴蒙明白了，觉得这三个人真有才。

"那'LA-LA'是什么意思啊？"Chai 想弄清楚这个将

错就错的店名在中文里可有什么具体的意思。

吴蒙有点犯难，摸了摸后脑勺，不知道怎么解释为好，突然灵光一闪，脑袋瓜中蹦出一个词儿——啦啦队，遂如是这般地解释了一遍。

"嗯，我懂了！" Thai若有所思地点点头。

吴蒙不想陷入这种"解释的死循环"，看到Pong已经独自往前走，赶紧提醒尚站在原地思考的Thai和Chai："上课了！上课了！"然后向他们指指先行一步的Pong。

Thai和Chai向Pong追去，吴蒙则向另一个方向奔去。

没有司徒毕保业和范小星在侧，吴蒙其实挺享受一个人自由自在地游走，但只要两个死党一出现，他便像铁块遇见磁石一样，"咻"的一声便主动靠过去。他们铁三角般的友情在校内人尽皆知，而且成为异性之间也存在纯洁友谊的完美例证。

第四章 谁替代，替代谁

每个人都爱别人

谁都替代不了的，是从前的他/她；

没有谁是替代不了的，是以后的他/她。

∎

I

这个周六对司徒毕保业来说，是一个充满使命感和纪念意义的日子。

前一天晚上，司徒毕保业就跟范小星、吴蒙沟通好要穿的衣服——白衬衫配黄色休闲短裤，可到了早上六点，他仍未敲定这套装扮，原因是他仍被"各种试""各种比较"纠结得不知如何是好。他把身着各种搭配的自拍图发到铁三角微信群，征求意见，源源不断的信息轰炸让范小星和吴蒙整宿都没睡好。

范小星认真欣赏了所有图片，真心觉得款款都帅，果断回复"第七张效果最好"。其实，她也忘了第七张里司徒毕保业穿了啥，只不过因为"七"是她最喜欢的数字，她的幸运数字。

看到回复后，司徒毕保业的心也放下一大半，这才心满意足地跑去洗澡。

而另一边,李莎明子也正做着出门的准备,却被作为母亲的凯丽老师各种唠叨、各种教育烦到眉毛都画不好。

"妈,算我求你了,担心都是多余的,又不是我和他单独见面,一大群人呢!通通是你的学生,不是还有范小星吗?又不是就我一个女孩子。"李莎明子终于按捺不住了,停下手中的眉笔。

"即便范小星在,我也不放心,更何况还是个荒郊野岭的地儿。哪个做母亲的能放心让女儿跟一群流痞玩,还——"凯丽老师坐在女儿床头不厌其烦地唠叨着。

"妈,你怎么能那么说他们呢?"李莎明子生气地转过身看着镜子里的自己。

"啊——你意思是,我这么说他们还说错了?你知不知道——"凯丽老师摆出了教育学生的架势。

"既然如此,他们跟着我一起蹭课的时候你怎么不管呢?"李莎明子打断了母亲。

"此一时彼一时!当初他们是在帮我,帮我攥走那些打扰你学习的蛇虫鼠蚁,这对你的学习是有好处的呀,我当然不反对!可现在,你是要跟他们这帮人在一起待一个晚上,那就另当别论了。明子,你是女孩家,怎么能没有一点自我保护的意识呢?你让我——"说着说着,凯丽老师的眼圈居然红了。

"妈,我是女孩,又不是小孩!我也需要朋友,而他们是我在学校里唯一的朋友。如果你不想让女儿得抑郁症死掉的话,就请出去,立刻!马上!"李莎明子的情绪已经失控,泪水夺眶而出。

凯丽老师起身,泪水划过她那雀斑丛生的脸庞。她悄悄关上门,也关上了女儿的世界。

手机响起提示音,是微信信息:明子,我们已经到了,就在楼下等你。如果你准备好了就下来;如果还没有,就慢慢来。我们等着你，不着急的，也不赶时间哈！

李莎明子急忙在眉尾添了两笔，也没来得及仔细看镜子，就匆匆背上包在门口换了双白色高帮帆布鞋，走前瞥了一眼母亲。凯丽老师正歪着头坐在沙发上。李莎明子还是忍不住来到母亲身边，吻了吻她的侧脸，然后转身跑去开门。当她进入电梯，转过身子时，发现凯丽老师已经在电梯门外站着，微笑着对女儿说："开开心心地玩！"李莎明子感动地望着母亲，做了一个 OK 的手势。

当李莎明子从小区门口出来，就看到前面四处张望的司徒毕保业。

"在这儿呢！司徒！"看着对方一副地下工作者般小心谨慎的样子，李莎明子忍不住笑出声来。但转过身来的司徒毕保业却让李莎明子的眼睛亮了起来：白色衬衫配黑色休闲短裤，干净、简约、帅气。他卷起衬衫袖子露出小麦色的皮肤，顶着他那标志性的"马头"，从容微笑地大步向心中女神走去。李莎明子第一次如此仔细地端详司徒毕保业的面容，原来他比她印象中的帅气多了。

司徒毕保业越走越近。突然，在两人距离一步之遥时，司徒毕保业对李莎明子说："等一下！"

李莎明子乖乖地配合他站定，注视着他的一举一动。只见，司徒毕保业抬起了一只手，在她眼睛上面轻轻扫了几下，然后轻声说："好了！"

李莎明子猜到应该是妆花了，既有点感激又有点不好意思，索性把视线从他认真的面孔转到他脚上那双白色的板鞋上，再看看自己穿的白色帆布鞋。

"好巧呀！你看——"李莎明子用手指了指脚下，司徒毕保业也跟着看了看。

"真的，好巧！"司徒心里乐开了花——他们居然穿着同一款的情侣鞋。

此时，坐在司徒车里等待的范小星将刚才发生的情景尽收眼底,却不知最后司徒毕保业和李莎明子在笑什么。在好奇心的驱使下,范小星摇开车窗,冲李莎明子挥了挥手喊道:"明子——"

"来了!走吧!我们!"李莎明子闻声也对范小星微笑着挥挥手。

司徒主动跑去帮她打开副驾驶的车门,还绅士地用手遮了遮她头顶的位置。等她坐好了,他礼貌地帮她关了车门,才回到驾驶位。

"明子今天好漂亮啊!"吴蒙赞美道。

"谢谢!"李莎明子系好安全带,转过身微笑回应。

"怎么也没见你夸过我漂亮?"范小星一脸鄙视地看着吴蒙。

正系安全带的司徒抢答道:"你的叫帅气,明子那才叫漂亮呢!"随后司徒发动了车子,完全没注意到后面对着他的背影各种表情、各种咒骂的范小星。

吴蒙、范小星、司徒毕保业三人一路互撕,逗得李莎明子开怀大笑。她真心觉得和这群人在一起无须伪装,更无须保持淑女风范,只要尽显真我即可。从未体验过的收放自如让李莎明子整个人都处在一种兴奋状态。

到了目的地,司徒毕保业停好车,又赶紧主动帮李莎明子打开车门,更自觉地为她当起导游,完全无视吴蒙和范小星的存在。

"明子,这边走!我们只要沿着这条小路一直走下去就可以到湖边了。中午,我们可以在湖边吃烧烤。烧烤器材和食材我都已经准备好了。你第一次来,可以先让小星陪你四处转转,采采野花、爬爬山坡什么的。等你们游玩回来了,我和吴蒙的烧烤也差不多好了。要小心哦!"司徒毕保业细心地叮嘱,当看到李莎明子踩到松软的草堆差点摔倒时,及时伸手拉住她。李莎明子顺势也握住他的手。天赐的"肌肤相亲"让司徒毕保业感到一阵触电般的狂喜,都舍不得松开李莎明子的手了。

跟在他们身后的范小星则放慢了脚步，向右边的田野望去，一片绿油油的画布一眼望不到边际。吴蒙则在范小星身后注视着她，担心她走着走着也一脚踩空。

"明子——"

突然，湖边出现了形如龙猫般的Pong。看到李莎明子后，他兴奋地大叫起来。

循声望去，李莎明子刚好看到湖边转过身来的Thai和Chai，并迅速甩开司徒毕保业的手，向前方挥了挥，露出明媚的笑容。

即使如此，李莎明子残留在自己手心的那分温存仍令司徒毕保业意犹未尽，只可惜，当他看到"泰山"三人组不合时宜地出现在眼前时，那股子余温荡然无存，取而代之的是不打一处来的无名火。

"他们怎么来了？"吴蒙明知故问，还装出一脸问号，同时不忘看看司徒毕保业的表情。

"真是冤家路窄！"司徒毕保业从牙缝里挤出几个字。看着"泰山"三人热情地向这边不断招手，他也只能硬着头皮继续往湖边走去。

"会不会是明子告诉他们的啊？"范小星跟着猜测。

司徒毕保业敏感地回过头来看了范小星一眼。

"你们看，这个木屋设计得好棒哦，那么宽敞的阳台，既可以在上面烧烤，又可以观景。快看，这边烧烤架都准备好了，那边的观景长廊还摆着餐桌呢！这个地方太棒了！"Chai一边说一边不忘看了看有点心不在焉的吴蒙。

"晕！这本就是我们提前准备好的。食材你们在客厅冰箱里随便拿就好！"说着，司徒毕保业用钥匙打开这座独栋木屋别墅的大门。

"得令！"众人异口同声，鱼贯而入。

"你们怎么也会到这里来？"司徒毕保业还是没忍住，向假想敌Thai发问。

"问他啊！"Thai耸耸肩，无心地指了指一旁的吴蒙，随后就往楼梯处走去。

司徒毕保业刚巧看到范小星和李莎明子正从吴蒙身后穿过，往洗手间走，便误会是李莎明子约"泰山"三人来的，遂没再追问下去。他走到吴蒙身后，低语："陪我去外面走走！"

吴蒙会意地放下手里的事儿。

"你们随便参观，随便拿东西吃！我们去去就来！"司徒毕保业大声和众人交代。

出门后，两人保持一定距离，始终沉默，直到走至葡萄架下，司徒毕保业才将愤怒统统倾倒出来："这就是我精心准备的女神盛宴，是吗？到底有多少人准备看我的笑话！我是费尽心机给别人做嫁衣裳吗？泰国的女性人口几乎是男性的一倍，有必要千里迢迢跑到中国来和我抢人吗？再说，我实在看不出来那个 Thai 有何迷人之处啊，细皮嫩肉的比女人还娘，回去当人妖算了……"

吴蒙非常理解司徒毕保业的心情，却无法道明真相，只好一边安抚一边转移话题："算了，司徒，人家好歹也算'国际友人'，怎么也要维护一下我们礼仪之邦的口碑嘛！息怒息怒！别再踢土了，再踢鞋都成土豪金了，怎么跟明子的配成情侣鞋啊！"

司徒毕保业这才注意到自己鞋子上的土，不免哀怨地嘀咕着："看来，我这次为明子准备的惊喜都泡汤了，反倒便宜了那个泰国的绣花枕头！"语毕，司徒毕保业拖着沉重的步伐出了葡萄架，朝树林深处踱去。

这厢，范小星已经带李莎明子参观完木屋。两人站在阳台上，凭栏眺望湖景。

"舒服吧！"范小星闭着眼，像是说给自己听似的，感觉置身于一叶扁舟随波荡漾，优哉游哉。半晌，没等来李莎明子的回应，她遂睁开眼，转过身，发现明子已经默默在餐桌边协助 Thai 为食材涂抹酱料。

"明子，你去玩吧！这些我们来就行！" Pong 一边招呼着一边在烧烤架那里燃炭。

"没事！我——"李莎明子还没说完就被范小星打断。

"走！我带你去摘野花！"范小星不由分说地拉起李莎明子的手。

看着一丝不苟准备食材的 Thai，李莎明子显然充满不舍："我还是留下来帮忙吧！"

倒是 Thai 心无旁骛，一个劲儿地劝李莎明子："去吧！烧烤这种熏人的活儿我们男生来就行！"

"是啊，是啊，去玩吧！" Chai 拿着大包小包从楼梯口进来，Thai 见状赶紧过去帮他拿。谁知，Chai 就像没看见似的，根本不给 Thai 机会，径自拿了过去。

李莎明子一时也没了借口，只好跟着范小星出去采野花。一路上，两个女孩各怀心事，有一搭没一搭说着"风光无限好"的话题，直到大片大片金色的小野菊闯入她们的视野，才燃爆了两人的兴奋点，不约而同地惊呼："好漂亮啊！"随后，两人相视一笑，被这突如其来的默契感动，终于打开话匣子，竟有点闺中金兰的意思。

"明子，其实我很羡慕你……"

"羡慕我？为什么？"

"你既漂亮，性格又好，还聪明得很，几乎是无死角的可爱！"

李莎明子忍俊不禁道："我还羡慕你呢！"

"羡慕我？"范小星有点咋舌。她已经采好一束野菊坐在花丛里等着李莎明子。

花海中的李莎明子一袭白裙，明目皓齿，发丝于风中轻舞，美得无公害，妙得不可言。范小星突然间明白司徒毕保业为何会对她一见钟情、一往无前了。

"是的，羡慕你有那么铁的好朋友啊！"李莎明子语气诚恳。

"也对，友情总比爱情来得更长久！"范小星轻声安慰自己。

这时，不远处传来了司徒毕保业和吴蒙的求救声。李莎明子有些惊慌，范小星则赶紧拉住她的手，一起跑起来。一向不爱运动的李莎明子实在跟不上范小星的步伐，索性松开她的手，催促道："你别管我了，赶紧去找他们！"范小星也不多言，加快速度向出声的地方跑去。

刚跑到葡萄架下，吴蒙和司徒毕保业就从一边窜了出来。看到范小星后，两人赶紧躲到她身后。葡萄架那边的诡异声音越来越大。

范小星准备走进葡萄架下进一步窥探。吴蒙一把拉住她的T恤，劝她别进去，但她一点都没有退怯的意思，仍然手捧野花往里踱步。原来，是一群蜜蜂在狂欢。她举起花束在蜂群中晃了晃，引着蜜蜂往另一个方向飞去。

这时，吴蒙在后面大声喊："小星，小心点！注意，别靠太近！"

蜜蜂就这样轻易地被范小星的花束带出了葡萄架。看已走出一段距离，范小星索性将手中的鲜花往远处一扔，蜜蜂也追之飞走了。

"小星，你好棒哦！"李莎明子不知何时手插纤腰走过来，对从葡萄架下走出来的范小星竖起了大拇指。

这厢，司徒毕保业和吴蒙瞬间面红耳赤，并非因为作为男生觉得丢脸或报赧，而是因为蜜蜂"下针"太狠，他们中毒太深！

2

木屋阳台上,专心制作烧烤美食的"泰山"三人根本不知道外面发生了什么。他们一边外放着动感十足的泰文舞曲,一边带着舞姿进行花式烧烤,完全沉浸在美食、美景、美乐的美好境界。尤其是 Thai 和 Pong,因为身形外貌的巨大反差,让两人的舞姿和散发出的韵味大相径庭,一个是型男爆款,一个是卡通和风。负责摆盘的 Chai 恰好成为两人舞技和厨技的裁判员,同时兼任活跃现场气氛和助兴捧场的粉丝。三个异国小伙儿完全把这里等同于"LA-LA 拉面"的主场,丝毫没有做客的内敛与含蓄。

此时,脸上挂了彩的司徒毕保业和吴蒙,以及范小星、李莎明子刚巧来到阳台,被眼前这动感一幕给惊呆了。但当他们把视线转移到餐桌上琳琅满目的美食时,馋虫立刻被勾了出来。

吴蒙一口一口吞着口水,率先走上前去拍手叫道:"跳得太好了！绝了！可是，能不能先填饱肚子？我都饿坏了！"表扬舞技并不是重点，满足口腹之欲才是当务之急。

司徒毕保业也迫不及待冲向餐桌，在吴蒙扫货前首先抢到一串鹌鹑蛋。而吴蒙的视线跟着鹌鹑蛋一路直追，最后眼睁睁看着司徒毕保业将一整串鹌鹑蛋如数塞进嘴巴。

"非常荣幸，这次居然能吃到地道的泰式烧烤！"范小星也加入大快朵颐的行列。

"我已经被蜜蜂给深深伤害了，现在亟需补充胶原蛋白！"吴蒙一边说着一边往自己的盘子里放着大片大片油亮亮的五花肉。

所有人中似乎只有李莎明子没有被美食打动。她从桌上拿了一张纸巾和一瓶橙汁，随后走到 Thai 身边，主动帮他擦拭额头上的汗珠。

Thai 很自然地把额头朝李莎明子手中的纸巾靠近，同时也吸了一大口她手中的橙汁。他刚想向李莎明子致谢，突然扫到 Pong 投过来的眼神，立刻别过头去，语气轻描淡写："谢谢你！赶紧去尝尝烧烤吧！"

司徒毕保业狠狠嚼着嘴里的食物，东张西望地想做些什么，突然灵光一闪，面带微笑地大声宣布："大伙儿都休息休息吧，让我操刀为诸位服务！"

Thai 将手上尚未烤熟的肉串递给司徒，并道："那就拜托你啦！另外，能否借用一下你房间里的那把吉他？我很想弹弹！"

司徒毕保业瞪大了双眼，机械地接过半生不熟的烤串，然后尴尬地"嗯"了一声，眼睁睁看着 Thai 朝自己的卧室走去。

范小星看到司徒毕保业和 Thai 的微妙互动，嘴里的食物差点笑喷出来，不禁揶揄司徒道："偷鸡不成反蚀一把米吧！"

"肉串也堵不住你的嘴是吧！"司徒毕保业扔给范小星一个不屑的眼神，然后在烧烤架上翻动着食物，最后选了一块半熟的厄瓜多尔白虾跑到李莎明子面前，一脸谄媚地说："明子，吃这个吧！虾不能烤得全熟才吃，这样外焦里嫩的口感刚刚好！快试试看！"

李莎明子笑了笑，把白虾接了过去，递到嘴边轻轻咬了一口。

"怎么样？"司徒毕保业略有焦虑地问。

"味道不错，火候刚好！你手上的准头不错嘛！"李莎明子莞尔。

这话在司徒毕保业听来如同是对他人格的充分肯定，一时间竟有点飘飘欲仙。正在他准备进一步搭讪的时候，一阵欢快的旋律响起——Thai挎着吉他自弹自唱地走上阳台。

Pong停下手头的烧烤工作，Chai也放下手中的碗盘，用筷子打着节拍，慢慢靠近Thai。最后，"泰山"三人并排倚靠在阳台栏杆处，载歌载舞地表演起来。余者也受到音乐的感染，跟着他们欢快的节奏打着拍子。在Pong的眼神示意下，Thai弹着吉他唱着歌，慢慢向李莎明子靠近。

李莎明子手上的节拍已经略显紊乱了。她看着 Thai 一步步逼近，越发脸红心跳，动作也跟着不太协调了。

另一个身心不协调的是司徒毕保业。原本那把吉他也是事先准备好的，就是要在这次"追女 A 计划"中物尽其用，好好出把风头，谁知竟阴差阳错被 Thai 给"盗用"了，看着李莎明子面若桃花、陶醉不已的样子，可见效果出奇得好，简直是秒杀啊！当察觉到 Chai 和 Pong 正准备和 Thai 一起将女神包围时，司徒毕保业立即抓住 Pong 的手，并飞给范小星、吴蒙一个眼色。后两者心领神会。范小星顺势牵起李莎明子和吴蒙的手，吴蒙也牵起 Chai 的手，这样，司徒毕保业顺理成章地牵起了李莎明子的另一只手……不知不觉间，众人围成一个圈子，Thai 当仁不让地成为焦点。他的表现欲得到了充分的鼓舞，手指也弹拨得更为尽兴，嗓音更是嘹亮高亢。尽管大伙儿并不是很能明白歌词赞颂了什么，但欢快动人的旋律是没有国界的。大家随着跃动的音符忘情舞动着，欢声笑语遍布田野，顺着湖面一路蔓延至远方。

夜色渐渐笼罩大地，木屋外的灯火都被司徒毕保业点亮，从高处俯瞰，此处一片祥和，温暖四溢。

湖面更静了，可司徒毕保业的心却更乱了。他在阳台躺椅上不停地翻转着身子，最后还是决定给李莎明子发了一条信息："明子，晚上九点，我在葡萄架下等你！请你一定要来！不见不散！"

李莎明子正要梳洗，看到司徒毕保业的信息后，直接回复："不早了，我已经睡了！有事明天再说，好吗？"司徒毕保业几乎是秒回："我等你！"

司徒毕保业站起身来，在心中暗许，不管李莎明子来或不来，他都等定了。看看时间，还有一个小时，但他已经坐如针毡，匆匆下了楼。"A计划"已被Thai捷足先登，不管他是无心还是有意，总之计划赶不上变化，司徒毕保业必须当机立断，拿出新的"B计划"应对窘局，绝不能让心中女神再次落入敌手。

这厢，李莎明子拿着手机，右手拇指在文字框里不停地敲着键盘，编辑好又撤销，最后索性不再回复司徒毕保业。

这时，李莎明子听到有人在轻敲她的房门。

"在吗，明子？"是范小星的声音。

"小星？等一下，马上开门！"李莎明子的声音略显疲惫，脚步却已经踱到门口。

"啊——不用了。明子，你睡吧！我就是过来问问你要不要去阳台坐坐，聊聊天。既然睡了，我也回去睡了。晚安！"说完，范小星打着哈欠朝自己的房间走去。

"晚安！"李莎明子耳朵贴着门，听着范小星的脚步渐行渐远，直到她也关上自己的房门。李莎明子看了看手机上的显示时间，等了片刻，才轻轻打开房门，随后又悄然关上向外走去。

回到房间后的范小星格外开心，在包里不停翻找，最后拿出长长的假发和一件黑色的长裙进了洗手间。从洗手间再度出来，她站在镜子前双手捋着头发，揽镜自视一个全新的自己。直至打理得心满意足，她才开门走出去……

真不知道这个夜晚还有多少人没有安然入睡。

范小星提着裙摆，蹑手蹑脚走在湖边的小路上。当她经过葡萄架时，突然听到里面传来司徒毕保业的声音："明子，是你吗？"

范小星想躲，却已来不及了，她的背影被司徒毕保业抓了个正着。

"想不到你那么早就来了，还好，我都准备好了！"司徒毕保业的声音中充满着难耐的兴奋。

此时，背对着司徒毕保业的范小星低头不语，连呼吸都不敢用力，无措地杵在那里，两只手不断把两边的头发往中央聚拢，尽可能最大面积地盖住自己的面颊。

内心小鹿乱撞的司徒毕保业完全顾不上揣摩对方的状态，一个劲儿地思忖下面应该做些什么。突然，他像想起什么似的转身向葡萄架深处跑去。范小星循声望去，只见他又猛地跑回来。范小星赶紧又低下头。司徒毕保业准备伸手去揽对方的肩膀,可不知为何又放弃了。他收回那只手,有点嗫嚅地说:"明……明子,你……可以……稍微往里面走一点么?"

"李莎明子"似乎是犹豫了片刻,然后挪步至司徒毕保业的正前方,转身朝葡萄架中央走去。

"可以了,明子!"司徒毕保业赶紧跟上来,站在"李莎明子"身后。

"你现在可以朝我这边转过身来,或者,闭上眼睛!"看对方没有动,司徒毕保业又补充道:"好吧,等我说'睁眼'的时候,你才能睁开眼哦!"

"李莎明子"继续沉默,只是用力地点了点头。

司徒毕保业径直来到葡萄架外,把两边的灯光全给关了,然后,借用手机的照明走回来。

范小星一直睁着双眼,精神高度集中地捕捉外面的动静。当她看到白色的灯光越来越亮,准备转过身去,光却没了。

月光穿过葡萄架的缝隙被分解成无数光束。借着光亮,范小星看到司徒毕保业摸着黑往葡萄架深处走去。她又扫视了一下四周,所幸并没有他人经过。她不由庆幸自己在出来之前,已确认李莎明子睡下,现在干脆将错就错,看看司徒毕保业究竟要给女神一个什么惊喜。

微弱闪烁的黄绿色灯光在葡萄架深处亮了起来,渐渐地,越来越多,越来越亮,然后点点光亮像一朵朵蒲公英般朝范小星身边飘来,密密麻麻地点亮了葡萄架周围的角角落落——原来是一群闪动着翅膀的萤火虫。范小星看得有点失神,想伸手捕捉一只,可活泼的小家伙却从指缝间轻巧逃脱了。越来越多的萤火虫从她面前飞过,像一枚枚晶莹剔透的夜明珠,她多想将它们串成一串华美的项链啊!范小星的注意力被萤火虫吸引,完全不曾留意已经走到她跟前的司徒毕保业。

司徒毕保业看着女神手舞足蹈的样子,一抹欣慰油然而生,自己这些天的努力总算没有白费。

"抓到了!抓到了!"范小星兴奋地晃动着身体,炫耀着自己的战利品。当她展开手掌准备欣赏那只迷途的萤火虫时，对方又立马恢复斗志伺机逃跑。范小星赶紧将拳头攥起来，从指缝间偷窥那只被囚禁的"夜明珠"。

"喜欢吗？"

司徒毕保业温柔的嗓音从背后传来，范小星这才回过神来。对方已经一步上前，用自己的双手紧紧包裹住她的小手。范小星一时语塞，不知该如何是好。

"我喜欢你！"

坏了！听到司徒毕保业开始表白，范小星心中不由暗吼一声，双手也突然松开，萤火虫趁机逃了出去，可司徒毕保业显然不愿就此放开她。

"这种喜欢由来已久，从我第一眼见到你开始。虽然，当时我并没有看清你的脸庞，却牢牢记住了你的名字——李莎明子。我永远不会忘记那天你顶着烈日为我擦拭额头的伤口，替我解暑。我——"

不知怎的，泪珠竟顺着范小星的脸颊滑落下来，滴到司徒毕保业的手上。司徒试图用手抬起她的下巴，慌张的范小星赶紧把双手按在对方眼睛上。司徒毕保业的双手已经轻轻飘至她的脸庞。他知道，她的错愕一定源于不想让他看到她在流泪。索性，司徒毕保业任由她的双手盖在自己眼睛上，而他则用大拇指轻轻为她擦拭着泪水。与此同时，司徒毕保业的脸也在慢慢靠近范小星的脸庞。

范小星的双手一开始还很用力地阻挠司徒毕保业挺进的头，但当后者越来越近，她的对抗反而显得徒劳。一只萤火虫突然划过眼前，像是一道魔咒，她瞬间放弃了抵抗。司徒毕保业的嘴唇与自己嘴唇接触的瞬间，她彻底沦陷了。天地万物全都融化在这个荡气回肠的吻里。两个火热的身体交织在一起，一如月光下盘根错节的葡萄藤，缠绵难分。

他们并不知道，不远处真正的李莎明子已将这误打误撞的浪漫尽收眼底。她第一次发现，原来自己竟被一个男孩如此炙热地爱恋着。虽然，此刻他怀里的并不是她，但也绝不影响她内心深处那阵阵剧烈的震颤。

司徒毕保业的吻停了下来,而范小星的双手还执着地黏在他的眼前。他不由失笑地说:"傻丫头,可以把手松开了吧!我的鼻梁都快被你给压塌了!我保证,一定闭着眼睛不看你。这样总可以了吧?"

范小星尝试着挪开一只手,然后示意他转过身去,最后,成功地把另一只手也收了回来,尽量不露声色地小声说道:"不准回头看!"

司徒毕保业笑嘻嘻地"嗯"了一声。

范小星悄悄地往葡萄架外迅速走去,却听到有脚步声朝这边传来,于是立刻闪到葡萄架后。

这脚步属于李莎明子。原本是打算爽约的,可内心竟有一个执着的声音呼唤她来到这个曲径通幽的所在。时间就像静止了般,她的身体也不由自主地定住了,只有黄绿色的萤火虫在空中自由飞舞。

刚刚经历世纪之吻的司徒毕保业显然还未从甜蜜的梦中

清醒过来。他听话地站在原地,始终紧闭双眼,还在揣测着李莎明子会不会给自己带来另一个惊喜。突然,有人从身后狠狠抱住了自己的腰大哭起来,司徒毕保业即时睁开了双目。

直到此刻,李莎明子才顿悟原来有一个人跟自己一样傻,一直苦苦等待心仪的人出现。她第一次真切感受到司徒毕保业对自己的深情,由于贴着他的后背,她甚至隐隐约约听到了他的心跳——扑通扑通,就像是在喊"明子明子"。

受宠若惊的司徒毕保业任由李莎明子紧紧环抱住自己的身体。她的泪水浸湿了他的衬衫。他虽然不知她的眼泪是甜还是咸,却能断定这泪水必定是热的,带着她内心的温度。司徒毕保业并没有要安慰李莎明子的意思,有时,痛哭流涕比开怀大笑更能宣泄内心的激荡。这一刻的灵魂交融,他们已经等了太久太久。

不知过了多久,李莎明子的情绪才渐渐平复下来。司徒毕保业轻轻拉开对方环抱自己腰身的双臂,转过身,将她紧紧搂在怀中。他突然发现原来一直冷若冰霜、艳若桃李的李莎明子竟是那么脆弱,那么需要人照顾。

"我不知道你的眼泪所谓何来,但从今以后,我会永远陪在你身边,守护着你,不再让你哭泣。明子,让我好好去爱你,好吗?"司徒毕保业认认真真地吐出每一个字,掷地有声。

李莎明子显然还未从刚才的激荡中缓过神来。她依旧搂着司徒毕保业的腰,仿佛溺水之人揽到一块浮木。这一刻,司徒毕保业的幸福感溢于言表,本想再倾诉一番柔情蜜意,谁知李莎明子只说了一句"谢谢你,司徒",就突然松开他,转身跑远了。司徒毕保业有半响的恍惚,但很快,告诉自己,这或许就是女孩子们的"迷之羞涩"吧,遂耸耸肩,也快步朝木屋方向走去。

看到两个人一前一后走远,范小星才从葡萄架后走出来。一连两场荡气回肠的爱情独幕剧让这个女汉子有些缓不过神来。尽管,她自己也参演其中,却始终感受不到真实的存在感,只有漫天飞舞的萤火虫反复提示着她,刚刚经历的一切并不是梦。

第五章 是过错,是错过

每个人都爱别人

后来,他在电话那头回答她说:"我喜欢过你。"

她才明白:一直想听的话、一直想做的事、一直想爱的人,其实一直都在我们身边,而我们却不自知。

I

幸福真的可以让人神魂颠倒吗?至少对司徒来说是这样的。三年的守候、三年的苦盼、三年的不被理解……算算将近1200个日日夜夜,他就是这么坚持下来的。如果说,老天不负苦心人,那李莎明子昨夜激动的泪水就是命运女神对司徒毕保业最大的回报。

尽管期盼了这么久,可这幸福仍旧来得有些让人措手不及。一觉醒来,司徒毕保业的脑海还缱绻着昨夜的灿烂星光,葡萄架下那缠绵一吻余韵尚存。这一切真的发生过吗?太难以置信了,他终于赢得了李莎明子的芳心。

司徒毕保业觉得今天是全新的一天,充满纪念意义的一天。因为,从今天开始,一厢情愿升华为两情相悦,这个关于爱情的故事,不再是他一个人的独角戏。至此,同治大学将诞生建校以来最闪亮、最登对的神仙眷侣。

司徒毕保业对自己做了一番精心修饰，他想让李莎明子看到一个精神抖擞的爱人。谁知，客厅里只有正热火朝天玩着双打电玩的吴蒙和范小星。李莎明子的房门虽然开着，里面却没人。司徒毕保业又赶紧跑到室外寻找，转了一圈，除了鸟语花香并不见芳踪袅袅。

"明子跟'泰山'他们玩去了？"司徒毕保业嘴上虽这么说，但心里着实不愿这么想。

"晕菜，居然输给你，没道理啊！"吴蒙一声怪叫，显然没听见司徒的问话。

"谁叫你心不在焉，活该！"范小星朝吴蒙做了一个鬼脸，忍不住笑出声来。

司徒毕保业见此二人完全无视他的存在，急火攻心，索性一个箭步上前把宽屏显示器关了，双手叉腰，杵在两人面前。

"我问你们两个衰人呢，明子呢？是不是和'泰山'一起走了？"

范小星刚要开口,却被吴蒙给按下来。他耸耸肩,故作轻松地说:"我今天早晨送明子回去了,Thai 他们也一起跟着走了。她怕打扰你睡觉,让我和小星转告你,她昨天玩得很开心,谢谢你。"

"走了?"司徒毕保业一时还接受不了,"她还有没有说别的什么?"

"别的?你想听她说什么?"吴蒙别有用心地问。

"我——"司徒毕保业一时语塞。他当然不可能将昨晚的事复述一遍,即便是对自己最铁的哥们儿也不可以。那片葡萄架是属于他和李莎明子的秘密花园,花园里的故事只能他们彼此分享,彼此回味。这样想着,司徒毕保业也不知此时该何去何从。

"要不……"范小星带着试探的口吻道,"我们也回去吧?"

"也好!我去把车开过来!"吴蒙站起来,顺手拍了拍司徒毕保业的肩头,冲范小星点点头,便出去了。

范小星见司徒似乎还没完全清醒,索性去厨房给他冲了杯咖啡,放在桌上。司徒看着杯内布满泡沫,心内也一阵迷乱。等吴蒙把车开到门口,按了一声喇叭,范小星才轻轻拍了一下他的肩头。司徒先是一愣,然后碰到了范小星鼓励的目光,这才勉强扬起嘴角,奉上一个拧巴的微笑。

"我先送你们回学校!"司徒毕保业拉开车门,坐到驾驶位上。吴蒙和范小星一起打开后车门,也坐了进去。

平时搞怪不停歇的"仨渣儿"一路上一反常态,均默不作声。一种近乎令人窒息的安静折磨着三颗年轻单纯的心灵。原来,比喧嚣更磨人的是死寂。

司徒毕保业将两死党送回学校后,便开车来到李莎明子家楼下。他本想趁热打铁进一步巩固战果,但不知为什么,在他心中李莎明子昨夜的眼泪突然成了一个谜团。这泪水究竟是为何而流?真的是喜极而泣?亦或,另有隐情?司徒毕保业突然不能确定他们彼此间的感情了。纠结了许久,他还是没有拨通李莎明子的电话。直到夕阳醉了,他才决定直接开车回家。

刚凑到门口,司徒毕保业就听见屋里一阵窸窸窣窣的声音。打开门,原来是厨房奏鸣曲。一双热情的臂膀向司徒毕保业张开。

"妈!你怎么回来了?"司徒毕保业竟有些失声。他本能地抱紧了母亲,可松开后仍是一脸惊讶地盯着母亲。

"我要是不回来,估计你都不记得我的样子了。"儿子的错愕有点挫伤母亲的热情。

"哪有你说的那么严重!回来为什么不提前说一声?让我有点心理准备!"司徒毕保业说着环视了一下凌乱的屋子,"至少,给我点时间稍微收拾一下吧!"

"你恋爱了?"母亲语出惊人。

司徒毕保业一口水呛了出来,神情凌乱,言辞闪烁:"这都……哪跟哪啊!你听谁说的?没有的事儿!"

"你是我儿子,你心里在想什么做妈的还用猜吗?看样子和人家姑娘进展顺利嘛!追上了?"看到儿子居然害羞起来,母亲有点失笑,忍不住掐了掐司徒红润的脸颊。

"天啊,儿子,这小脸儿怎么都没肉了?记得走的时候,还有双下巴呢!"语气中母爱泛滥。

"妈,你也太夸张了吧!我什么时候有过双下巴?现在流行的就是我这种'棱角型'帅哥好吗!"司徒毕保业一把搂住母亲的肩膀,突然看到餐桌上摆满了菜,才发觉自己已经饿得前胸贴后背了。

"不通知你也是想给你一个惊喜啊!看看这一桌子菜,哪个不是你平时爱吃的?"母亲边说边盛饭,司徒毕保业已经摩拳擦掌,准备风卷残云。

"最爱吃老妈做的西湖醋鱼了!你这手艺不开餐馆真是暴殄天物!"司徒毕保业发自肺腑地称赞道。

"爱吃就好!以后每天调着样儿给你做。"看着儿子狼吞虎咽的样子，母亲突然悲从中来，有些心疼，有些愧疚。

"以后每天？"司徒毕保业突然停下来，看着母亲道，"你这是要待下去吗？那我爸怎么办？"

"我想好了，这次无论如何你都要跟我回去。机票我也买好了，这边房子我已经跟你郭叔叔说妥，让他择人给卖了。你呢，也不用操什么心，瑞士的学校都已经安排好了。我看你还是直接搬过来跟我们一起住，妈妈每天都给你做好吃的！"母亲苦口婆心的一轮轰炸让司徒毕保业的胃口去了大半。

"妈，这么大的事情，你为什么不跟我商量一下？"对于母亲的安排，司徒并不领情，反而很不满意母亲的自作主张。

"商量！还有商量的必要吗？你一个人待在这里已经三年了，你还打算这样浑浑噩噩耗一辈子吗？保儿，你也该收收心了，再这么玩物丧志下去，等我们老了，公司可怎么办？"母亲说着竟带出了哭腔。

"妈，我是不会和你过去的。我要按照自己的想法生活，而不是履行你们安排的人生，即便这张人生图纸被你们设计得再好再完美，那也不是我想要的未来。我随性惯了，真不是做生意的料，现在不是，以后也不会是，这是不争的事实。这一点我随我爸。我和我爸都有自己的爱好，既然你能成全他，为什么不能成全我？我希望你能再给我一些时间来证明自己！"司徒毕保业正色道。

"再给你一些时间？都三年了，有什么靠谱的梦想都该实现了吧！再讨论下去真的没什么意义了。机票是一个月后的，想证明那就用这一个月的时间来证明吧！"说完，母亲不再作声，算是结语。

司徒毕保业"啪"的一声放下碗筷，随后重重地摔上房门。母子俩的久别重逢不欢而散。

第二天一早，司徒毕保业收拾停当，准备出门。

母亲已经做好早餐静候，却见儿子丝毫没有眷恋的意思，只好主动示好道："保儿，吃点东西再去学校吧！"

"不了,来不及了!"司徒毕保业惜字如金,说完,"砰"的一声关门离去。

母亲显然已经非常习惯这种被动的交流方式,并未流露过多失望。她看了看餐桌,两大盘饺子还冒着腾腾热气。孩子大了,不由人了,另一个女人的介入让母亲这个女性角色不再成为唯一。

司徒毕保业泊好车,手里捧着九十九朵白色玫瑰花,一路飞奔。一路上,因为这捧花,司徒毕保业收获了超高的回头率,大家心照不宣,似乎都在等着好戏上演。这无疑又增加了司徒毕保业的信心。他闻了闻手中的鲜花,并未感受到沁人的香气。其实,要按他自己的心意,他更喜欢香水百合,典雅、大气,骨子里就透着大家闺秀的贤淑味儿,绝非那些蔷薇科的庸脂俗粉可以比肩。但没办法,谁叫女生都痴迷这种带刺的俗花儿呢!

教学楼里,遇到范小星。即便是女汉子,仍逃不过玫瑰的魔咒。她凑到司徒毕保业身边,想数数一共多少朵,却被对方用手掌重重拍了一下前额。

"数啥！九十九朵嘛！长长久久！"司徒毕保业语气有点不屑，却难掩笑意。

范小星撇了撇嘴，声音小得好像是说给自己听："想长久，干脆买九百九十九朵啊！那多霸气！"

原本急行军的司徒毕保业一个急刹车，若有所悟地说："也对哦！你怎么不早提醒我？"

范小星有点无辜道："我怎么知道你要玩送花这种大俗套？要早知道，我会让你租下整个花店，塞满玫瑰花，那样多有创意，浪漫满屋啊！"

司徒毕保业眼放精光，转头冲范小星讨好地一笑："还是你鬼主意多！下次行动前一定找你出谋划策。"说完，他迟疑片刻，然后从花束中抽出一朵，递给范小星道："赏你的！"

范小星顿时诧异，不知要不要把花接过来，只好嗫嚅道：

"那不就变成九十八朵了吗？长久不了啦！"

司徒毕保业被逗乐了，将那朵白玫瑰塞到范小星手中道："晕，真爱不需要迷信好伐！给你就拿着喽！"说完，继续朝教室奔去。

范小星拿着这朵意外的"浪漫"，突然眼眶涌动起一股热流。别哭！哭啥？她在心中约束着眼泪，也约束着时刻准备迸发的情感。

教室中，李莎明子一如既往坐在固定的位置上，安静地看书。此时，学生来得还不算多，七零八落地分布在各个角落。

手捧鲜花的司徒毕保业刚刚现身就成了众目的焦点。他径直走向李莎明子。

"明子，送给你！"司徒毕保业把花推到女神眼前。

李莎明子抬起头，映入眼帘的是一大束娇艳欲滴的玫瑰花，竟不好意思地抿起了嘴唇，一时不知说什么好。周围的学生已经兴奋起来，均拍起手来起哄道："表白！表白！"

一时间，教室内外挤满了看热闹的学生。走廊尽头的凯丽老师闻声加快了脚步。当她赶到教室门口，正看见司徒毕保业要去牵女儿的手。

"司徒毕保业——"尖利的声音划破长空。

众人立刻闪开一条通道，怒目而立的凯丽老师闪现出来。

"我——"手捧鲜花的司徒毕保业有些尴尬，刚想开口做一番解释，就被凯丽老师厉声打断。

"我什么我！上课不好好上，尽整这些花里胡哨的把戏！赶紧坐好！都给我坐好！"凯丽老师抢走司徒毕保业手中的玫瑰花，也扼杀了他精心准备好的一次表白。

看到玫瑰花落到母亲手中，李莎明子竟然松了一口气，一副如释重负的样子。

范小星和吴蒙也急忙赶到司徒毕保业身边，怕他心情受挫，谁知他反倒一副完全不在乎的样子，非常配合地坐好，准备上课。

当"泰山"三人赶到时，教室已经恢复安静。

凯丽老师把花束摆到讲台上，随后冲"泰山"三人吼道："还不赶快坐好？等什么呢！"

三人慌慌张张找位置坐好。

"老师今天好凶哦！"Pong对伙伴们用泰语说道。Chai附和地点点头，坐在中间的Thai则在嘴边竖起食指，示意他们安静。

课上，凯丽老师密切关注司徒毕保业的一举一动，意外地发现他居然贯彻始终地认真听课，而李莎明子亦无丝毫异样。

很快，司徒毕保业示爱李莎明子的新闻传遍学校，成了几天内挥之不去的头条。这正是司徒毕保业想要达到的效果。造势已经成功，接下来，就要让李莎明子真真切切感受到他的深情他的爱。

中午广播时间，司徒毕保业撇下吴蒙、范小星，来到学校广播站，请求站长宥佳佳给他机会，让他对李莎明子做一次真诚且充满诗意的表白。

宥佳佳自然乐于成其好事，遂将音乐的声量调至最小，然后贴着话筒温柔说道："亲爱的同学们，听完这首鹿晗的《致爱 Your Song》，不知道此时的你，是否已经找到自己生命中的挚爱呢？接下来，是一段即兴节目。一位同学要借由广播为他的挚爱传递他的心声。有请，司徒毕保业同学！"

司徒毕保业紧张地坐在宥佳佳身旁，打开信纸的手已经有些颤抖。如今都是网络时代了，却还要走手书的告白路线，可见，千百年来爱情的攻势并没有过多进化，白纸黑字带来的存在感仍毋庸置疑。宥佳佳拍了拍司徒毕保业的后背，这时才发现衬衫都已经湿透了。

司徒毕保业尽力克制内心的激荡，但声音还是有些颤抖："明子，你……在听吗？我……真心希望你能听到我——司徒，司徒毕保业对你最真挚的告白。明子，上周六，我过得很愉快！谢谢你，希望你的感受也是如此！事后回想起来才觉得你的手虽然纤细，却充满力量，充满温暖。多么想就让时间定格在那个时候，就这么一直牵着你的手，一起看日升月落，云卷云舒；一起聆听钟楼每天傍晚传来的沉重而悠扬的钟声；一起感受八月桂花浓郁沁人的芬芳；一起体会夏日黄昏雨后的清新和舒爽。就这样，牵着你的手！明子——"受限于时间，宥佳佳只好中断了司徒毕保业的绵绵情话。

"不知道李莎明子有没有听到司徒毕保业的一片深情呢？接下来，送给大家一首邓丽君的《我只在乎你》。李莎明子，这是司徒毕保业特意点给你听的哦，当然，也希望大家都能喜欢！感谢大家的收听！我们明天再会！"宥佳佳将音量调大，扭头才发现司徒毕保业已是大汗淋漓，瘫坐在地板上。

与此同时，立于图书馆前的李莎明子完整地听完了司徒毕保业的"情书"，而当她听到《我只在乎你》的第一句歌词时，竟然双手挡住脸失控地哭出声来，全然顾不上路人的指指点点。

此时，还有一个人也情不自禁地流出了眼泪，那就是女汉子范小星。她是站在老榕树下听完司徒毕保业的全部告白的。上周六晚那个迷乱的吻余温尚存，然而范小星深知，她只是一个爱的替身，无论自己在那个吻里倾注了多少感情，都不过浮云掠过，是为他人作嫁衣裳罢了。

不知何时，吴蒙已来到范小星的身旁。他伸出一只手，搭在她的肩头，轻轻叫了一声："小星……"

这一声呼唤如同拉开了闸门，让范小星的委屈、执着、眷恋一股脑地倾泻出去。她转身把头倚在吴蒙宽阔结实的胸膛，任泪水泛滥、哀愁决堤。

而这一切都被不远处"LA-LA 拉面"里的 Chai 看在眼中。他不由心中一动，原来那个看似强悍的女汉子竟也有脆弱无助的时刻。

有人欢喜有人忧,更有人怒。

司徒毕保业露骨的表白响彻校园,这让凯丽老师近乎疯狂。她不能容忍这种莽撞、愚蠢,而且荒唐的行径。她从办公室弹跳出来,一路上火急火燎地赶往校广播站,试图第一时间逮到那个麻烦缔造者——司徒毕保业。

开启风驰电掣模式的凯丽老师不出意外地在广播站门口"生擒"了司徒毕保业。

"司徒毕保业,你给我站住!"凯丽老师的声音简直就是一道闪电。

司徒此时已全无了生气。他无力地停住脚步,却没有任何回应。

"司徒毕保业,你知不知道这样大张旗鼓的行为会给李莎明子带来多大的负面影响?"

"追求爱情有什么过错吗?即便是老师,也无权干涉我的恋爱自由！"司徒毕保业言之凿凿。

"你看我有权还是无权！马上叫你家长过来见我——"凯丽老师态度愈发强硬起来。

"凯丽老师，我保证不会有下次了。我恳求您，千万不要牵扯我爸我妈。家父正陪着母亲在瑞士养病，要是让我妈知道了，她的病情肯定……"说着说着，司徒毕保业的眼睛也配合着红了起来。

"明天上午九点，叫你妈来学校见我！"凯丽老师摔下这句话，扬长而去。司徒毕保业对着她的背影一顿拳打脚踢。

晚上回到家，司徒毕保业并没跟母亲多说，吃完饭就回房弹吉他练起歌来。

第二天，司徒毕保业特地带着吉他来到学校，同样没忘捧上玫瑰花。本来，他想接受范小星的建议，凑够整整九百九十九朵，但花店老板告诉他，若非预定，短时间内根本就筹不来这么多花。因此，他仍旧捧着九十九朵走进了校园。今天,他显然收获到更多支持和赞许的目光。有男生拍拍他的肩膀,竖起大拇指;甚至有开朗外向的女生冲到他面前,开诚布公道:"司徒毕保业同学,如果李莎明子拒绝你,你就来找我,随时恭候!"也许这只是一句玩笑话,但语气中饱含的善意和鼓励却着实温暖着司徒毕保业。他突然发现,原来身边流动着这么多可爱的面孔,让生活看起来其实并没有那么糟。

为了防止凯丽老师的再次拦截和封杀,司徒毕保业提前约李莎明子七点半在502教室见。

当司徒毕保业准时赶到教室,发现李莎明子已经恭候多时了。看着司徒又捧着一束玫瑰花走进来,李莎明子忍不住笑出声来,看到他还背着吉他,对他今天的花招也猜到了七八分。

"明子,趁老师——没来,你赶紧收下吧!"司徒毕保业迫不及待地想将玫瑰花易主。

李莎明子也不扭捏,爽快地接过花束,直言:"怎么,今天还想放歌一曲吗?"

司徒毕保业竟有了些许不安,慌忙打趣解围:"也……不是。你先看看我插在花束里的第二封信吧!嗯,第一封我也夹在里面了。等你看完,我再唱歌!"司徒毕保业的眼神真挚。

李莎明子从花束中抽出两封信,白色的信封上分别标着"一""二"。明子打开了第二封,认真地看起来:

李莎明子:

请相信我的真诚!

唯有此句,方能阐释我的一切。

这不只是我对你的态度,也是我对整个生活的态度。我热爱生活,所以我真诚地面对它,就像对你一样。

每天清晨,当我睁开眼睛,我会告诉自己,美好的一天又开始了。这是我的生活态度。

而每次想到你,我都会回忆故事中的那些美丽,以及每一缕带着露珠般清新的空气、每一年飞翔的蒲公英、每一片倒映水中的云彩。

真希望每天清晨太阳能在你睁眼的一刹那投射到你的窗前!

李莎明子看着信,而司徒毕保业则追随着她的眼神。又过了一会儿,他坐到正对着明子的桌子上,一只脚踩在椅子上,悄悄把吉他从肩头取下来,准备待到她抬头的那一刻开始为她吟唱。

信已经浏览至尾声,随着李莎明子轻缓地抬头,司徒毕保业弹起了《我只在乎你》的前奏。在他歌声的召唤下,来教室上课或只是看热闹的人陆陆续续多了起来。

吴蒙、范小星和"泰山"三人也一起来到教室。范小星还在犹豫要不要进去,就已经被"泰山"推了进去。

一听到音乐,"泰山"三人就兴奋起来,尤其当 Thai 听到熟悉的吉他旋律,更是动容不已。邓丽君的这首《我只在乎你》还是他学的第一首中文歌。

等司徒毕保业弹完最后一个音符,Thai 就一步上前,问道:"可以借我弹吗?"

还没得到确凿的应允,Thai就夺过吉他,自顾自弹了起来,并把身体斜倚在台阶对侧的桌子上,目光投向李莎明子这边,深情款款地唱了出来——是一首比较冷门的中文老歌,巫启贤的《只爱一点点》,歌词出自李敖的一首小诗:

不爱那么多,
只爱一点点。
别人的爱情像海深,
我的爱情浅。
不爱那么多,
只爱一点点。
别人的爱情像天长,
我的爱情短。
不爱那么多,
只爱一点点。
别人眉来又眼去,
我只偷看你一眼。

教室里回旋着 Thai 那充满磁性又温柔的嗓音。没有人鼓掌，仿佛一丁点的杂音都会破坏这难以言说的绝美意境。

所有人都默认 Thai 的歌声是唱给李莎明子的，只有她自己知道月亮的另一面，Thai 的歌声、Thai 的眼神、Thai 的深情另有投递的方向，而她——上帝的宠儿李莎明子貌似拥有了一切，其实她最想要的从来都不属于她。

李莎明子侧目，身边的 Chai 也沉浸在好友深情的歌声中，眼睛里飘出的全部是赞许与陶醉。原来，爱情不会被任何事情阻碍，哪怕是——性别！

2

如果没有遇见你我将会是在哪里

日子过得怎么样人生是否要珍惜

也许认识某一人过着平凡的日子

不知道会不会也有爱情甜如蜜

任时光匆匆流去我只在乎你

心甘情愿感染你的气息

人生几何能够得到知己

失去生命的力量也不可惜

所以我求求你别让我离开你

除了你我不能感到一丝丝情意

如果有那么一天你说即将要离去

我会迷失我自己走入无边人海里

不要什么诺言只要天天在一起

我不能只依靠片片回忆活下去

任时光匆匆流去我只在乎你

心甘情愿感染你的气息

人生几何能够得到知己

失去生命的力量也不可惜

所以我求求你 别让我离开你

除了你我不能感到一丝丝情意

任时光匆匆流去我只在乎你

心甘情愿感染你的气息

人生几何能够得到知己

失去生命的力量也不可惜

所以我求求你 别让我离开你

除了你我不能感到一丝丝情意

司徒毕保业漫无目的地开着车在街头游荡，音响里循环播放着邓丽君的《我只在乎你》，听得他已经没有一丝力气。白天，他再一次毫无意外地像个超级大傻帽一样，做了一次没有意义的表白。如果说这世间还剩一个越挫越勇的白痴，那就应该是他司徒毕保业无疑了。他忘不了 Thai 在吟唱那首《只爱一点点》时的每个吐字，居然精准到像在说母语。对于一个讲中文尚很蹩脚的"老外",若非真爱,怎么可能在如此短的时间内做到字正腔圆?还有李莎明子聆听时的眼神,和听自己唱《我只在乎你》的时候全然不同,那种痴缠、那种热切简直可以把人给化掉。

想到这里,司徒毕保业不得不认栽了。三年酝酿、三年苦守、三年痴情不改,一千余个日日夜夜敌不过 Thai 的《只爱一点点》。果真,爱情是一种很玄的东西,无关执着,亦和努力没有因果关系,完全是一种命中注定的安排。难怪,人们将其归结于缘分,因为解释不了,索性都交给上苍了。

司徒毕保业突然觉得李莎明子其实从未靠近过他,即便那晚葡萄架下,他曾无比真实地拥抱过她,亲吻过她,现在想来,也都如幻梦一场。都怪夜色太深,月光太美,萤火虫太贴心,他们的亲昵举止更像是在配合这美轮美奂的布景,当东方的天际渐渐泛白,这场浪漫戏码也该落下帷幕。司徒毕保业突然有了片刻的恍惚,他是真的如此深爱着李莎明子吗?抑或,只是爱上了爱情本身,爱上了他为爱情所付出的那些心动、心醉、心碎?李莎明子清丽的面孔在司徒毕保业的脑海中渐渐分解成一块块模糊的碎片,他想将它们重新拼合在一起,可不管如何努力,就是再也想不起她原本的样子。

司徒毕保业投降了。

很快,司徒毕保业追求校花失败的消息也传到了光头的耳朵里。还记得这个邪恶的人物吗?当初在操场公开霸凌"书生"文书华的大块头正是此君。他一直都是笼罩在同治大学上空的一片乌云,被他无端或有意欺凌的学生不计其数,校方与警方也一度想彻底铲除这个校园毒瘤,怎奈始终抓不到确凿证据。此外,受害者均怕遭受更惨烈的打击报复遂不愿配合举证,使抓捕行动始终停留在纸上谈兵的状态。这更助长了光头一党的嚣张气焰,也进一步纵容了他们继续作乱的侥幸心理。

光头始终不忘那天操场上被司徒毕保业、范小星羞辱的一幕,从未停止伺机报复。"司徒毕保业求爱失败"事件刚好再次提醒了光头。他觉得趁司徒这小子精神涣散、心情沮丧、毫无防备之际刚好可以给他以一记重拳,一雪前耻。他得好好筹谋一番。

现在，司徒毕保业应该是整个同治大学最失意之人，但还有一个人的心情一点也不比他要好，甚至有过之而无不及。那就是女汉子范小星。

这晚，她一个人在距离校园不远处的步行街闲逛，经过一家服装店的橱窗时，眼神立刻被其中展示的一条蓝色碎花连衣裙所吸引。她静立于橱窗前，玻璃反射出她的影子：一如既往的凌乱短发、对她来说过于肥大的黑白棒球衫，以及一副黯然神伤的憔悴面孔。范小星觉得这条充满女性美的裙子完全不适合她，可她的眼球却鬼使神差地眷恋着它。她突然冒出一个可怕的想法：穿上它，然后变成一个完全不一样的自己，重新再活一遍！曾几何时，她也是束着马尾、巧语嫣然的美少女，可为什么就变成了今天这副"铮铮铁骨"的模样？难道就为了和他越走越近，近到可以兄弟相称？

"美女，要不要进来看？"一个型男店员站在门口招呼范小星。

范小星像是被"美女"二字给惊到,有点神情错乱地回应:"我只是随便看看的!"

型男莞尔:"进来看好了,买不买无所谓,可以试穿啊!这款吊带裙刚好适合你们这些锁骨线条清晰的美女穿。"

听闻,范小星本能地将双手盖在外露的锁骨上,心中冒出一小股按捺不住的窃喜,红晕也爬上面颊。

型男见状,不由分说将范小星拉进店内。等她再出来的时候,如同换了一个人:身着蓝色碎花吊带裙,外搭奶白色开襟针织衫,足登同色高跟鞋。当然,发型暂时换不了了,可这身淑女的装扮反而将原本凌乱的短碎衬托得更加俏丽、灵动。女汉子瞬间变萝莉。显然,她还有点不太适应新的造型,犹豫着要不要转身回去再把旧有的行头套回去。谁知刚一转头就撞到型男店员的胸口。

"对不起!对不起!"范小星连声致歉。

型男不禁失笑:"没关系啦!你这是要回去继续扫货?"

"不不不！"范小星连声道，"那个……那个……我觉得还是有点别扭，要不先换回去，回家慢慢适应适应再穿好了。"

型男伸出一条胳膊一下子挡住店门，假装声色俱厉道："怎么？你居然质疑我的眼光！现在这一整套装备无懈可击，完美至极。我真的不能理解，你明明就是一个高配靓妹，为什么一定要扮成娘了吧唧的赖小子，不阴不阳的！你不觉得变态吗？"

"你——"范小星一下子被戳到痛点，可又不知如何辩驳，只能横眉立目僵持在那里。

型男的脸色马上阴转晴，柔声道："好啦，美女勿恼！听我一句话，就一天，就这样打扮一天试试。如果，你真觉得难以忍受，明天再做回你的男儿汉好啦！就给自己一天的机会，相信我，你不会后悔的！我们家的这条裙子是有魔法的！"

"魔——法——"范小星拉长了声音，满脸质疑。等她再想和型男搭话时发现，对方已经挂出"闭店"的牌子。

好吧，见怪不怪，其怪自败！范小星耸耸肩，又昂起了头颅，拎起装着旧衣物的手提袋，朝着校园的方向走去。谁知，刚迈出店门一步，就被一只大手从身后捂住口鼻，被拉上一辆面包车。车子绝尘而去，手提袋被扯到地上，衣物抖落一地。

等范小星醒过来，发现自己靠着光秃秃的墙壁坐在角落，手脚已被绳子牢牢捆住。再环视四周，她倒吸一口冷气，有了片刻的恍惚，错觉自己闯入了某黑帮片的拍摄现场：诺大的仓库灯光昏暗，最亮的地方是一盏灯泡下的一张麻将桌。桌旁坐着三个人，其中一个敞着衣襟，正嬉笑怒骂、吞云吐雾，锃亮的光头比悬在桌子上的灯泡还耀眼。

范小星先是觉得此人眼熟，随后在记忆库迅速扫描，很快锁定这张面孔，原来他就是两个月前在操场和她还有司徒短兵相见的地痞陈彪，人称"光头"。怎么落他手里了？正在范小星思忖间，仓库的大门被人推开。循声望去，只见两个小弟扛着一个大麻袋踉踉跄跄了进来。

"老大，我们抓到校花了！"其中一个小弟扬声道。

"好！两个女人都在我们手上，不怕司徒毕保业那小子不上钩！"陈彪赫然起身，转头往范小星这边瞅了瞅，指挥道："抬过去，放一起！"

两个小弟走到范小星身旁，卸下麻袋，把袋口松开。首先映入范小星眼帘的是如墨瀑般的一袭长发。当整个人都被拖出袋子后，可以断定就是李莎明子无疑。显然，他们使用了暴力手段，先使李莎明子失去知觉，然后劫持至此地。听刚才"光头"的意思，范小星和李莎明子就是两枚诱饵，他的目标人物其实是司徒毕保业。

"老大，人都凑齐了，下面怎么办？"一小弟问道。

"看看这两丫头片子的手机，找到司徒毕保业那小子的电话。我们先逗他一下！"说着，陈彪咧开嘴笑起来，露出一口四环素大黄牙。

司徒毕保业游魂般地把车停进车库，刚准备熄火，收到陌生号码发来的图片信息，打开一看竟是李莎明子和范小星被束手束脚的被俘照片，下面还附了一个陌生的地址。

来不及多想，司徒毕保业重新发动车子，用手机导航出那个神秘的地址，绝尘而去。

没用太长时间，司徒毕保业就到达目的地。四周较为空旷，一座仓库式的建筑赫然眼前。他掏出手机，果断地将自己的定位发给吴蒙，并推送了一条语音："吴蒙，这是我现在的位置。如果一小时后我没有联系你，你就报警。"语毕，他刻意将手机调至静音模式，以免打草惊蛇。

当司徒毕保业快步奔至仓库大门，把门的一个小弟拦住他的去路，随后道："先等着，别动！带家伙没？"

司徒毕保业举起双手，转了一个圈，示意手无寸铁。小弟不放心，还是在他身上摸了个遍，确认安全后说了句"等着"，然后用手机发了条语音："老大，那小子来了，没带家伙！"他很快收到回复："让他进来！"

此时，范小星和李莎明子被捆在一起，嘴上都被贴了封条，两人只能用目光交流。当她们听见开门的声音，同时扭头望去，由于光线太强，只看到一个模糊的身影。

范小星趁亮往李莎明子身上靠了靠，受缚双手已经可以碰到对方的。她先冲李莎明子轻轻摇了摇头，示意她不要发出太大的动静，随后试图用自己灵巧的手指帮李莎明子松绑。运气不错，他们系的是个活扣。李莎明子的双手恢复自由后，却怎么也解不开范小星的绳扣。如此危急时刻，范小星居然还不忘在内心自嘲一下：呦，连坏蛋也懂得怜香惜玉，长得好都舍不得给绑得太牢固！

突然，仓库的灯光全部亮了起来。四个小弟从皮带里抽出铁棍，站在陈彪左右，横眉立目。

司徒毕保业也已走到中央，眼睛很快锁定角落里的李莎明子和范小星。李莎明子显然有点受惊过度，花容失色，瑟瑟发抖；范小星倒是如常淡定，看到司徒毕保业的一瞬间甚至露出了花痴般的笑容。司徒毕保业的眼神中先是关切，见两人似乎毫发未损，稍放下心来，很快又皱起眉头。范小星心虚地低头扫了一眼自己的装扮，下意识地朝司徒吐了吐舌头，意思是：行啦，知道穿错了！

"小子,你的胆儿还挺肥的啊!果然是真爱啊!"陈彪扔掉嘴角的烟头,用脚狠狠地碾了一下。

"一人做事一人当!把女人牵扯进来,算什么本事!"司徒毕保业毫无惧色。

"道上行走靠的是手段,做成了就是本事!今天,咱们就做一道选择题,二选一,你只能带一个走!"陈彪一脸无赖相,语气阴森森的。

"这是一道全选题,两个我都得带走!"司徒毕保业掷地有声,然后看了看李莎明子和范小星,前者眼中蓄满了泪水,后者则是笑意融融。

"好大的口气啊!看你尝过我们的拳头,是不是还这么斩钉截铁!一起上!"

陈彪振臂一呼,四个小鬼儿齐刷刷涌到司徒毕保业面前,劈头盖脸一顿拳打脚踢。起初,司徒毕保业还能抵挡两下,少顷,便再没有任何反抗的余地。这场鸡蛋碰石头的混战从一开始就注定了结局,纵然司徒毕保业聚集了坚如磐石的意志,但肉身的脆弱带来的是血淋淋的无奈。

范小星用力撞击着李莎明子,催促她尽快为自己松绑。可明子此刻已经完全乱了阵脚,不知从何下手。范小星费力地用喉咙低吼,这回明子会意了,赶紧把范小星和自己嘴上的封条给撕下来。

"晕菜!真是大家闺秀啊!姑奶奶,你赶快把我手腕的绳子解开。"范小星的耐性已至极限。

"好好!我也不知道自己是怎么了,这双手完全不听使唤!"李莎明子一边应承着一边集中精力,终于将范小星的双手解救出来。随后,两人又各自把绑在脚腕上绳子也解开。

恢复自由的范小星用力蹬掉高跟鞋,赤脚飞奔上前,旧戏重演,像在操场上那次,从陈彪身后勒住他的脖子,然后冲四个正拳打脚踢的小鬼儿高喊:"都给我住手!否则我把你们老大给撕了!"

这一声果然奏效，四个小鬼儿立刻收手，看着"光头"沦为人质一时不知如何是好。

司徒毕保业已被折磨得千疮百孔，趴在地上只有残喘的份儿。他费力地睁开眼睛，视线一片模糊，恍惚看到一个穿着长裙的女孩钳着一个彪形大汉，有点像范小星，又有点像李莎明子。很快，眼前涌起一片雪花，司徒毕保业闭上了双眼。

范小星本想架着陈彪，逼他放他们离去，但一个女孩子的体力毕竟有限，此前又经过长时间的禁锢，元气大伤。陈彪瞅准时机，一个假装踉跄，反把范小星从背后摔倒地上。

"妈的，老子能让你一个丫头片子给压趴下吗！"陈彪不解气，刚要再下重拳，此前已经晕厥过去的司徒毕保业突然扑上前来，用自己的身体护住范小星，陈彪爆烈的拳头也就顺势砸在司徒的背上。

"呦，英雄救美啊！好，成全你！给我狠狠打，往死里打！"陈彪再度挥手，小鬼儿们争先恐后冲了上来，又是一顿毒打。

范小星被司徒毕保业严严实实地罩在身体下面，却依然能感受到一阵阵强烈的冲击。此时，她的眼中蓄满了泪水，不断低声呼唤："司徒，司徒，司徒……"

"小星……"司徒毕保业的口中已经散发着浓烈的血腥味道，却仍然用臂膀紧紧维护着范小星，"别怕……吴蒙……吴蒙会报……会报警的……坚持……"

"司徒，你不能死！你听好，你不能死，知不知道！你死了，我……我饶不了你！"范小星已经泣不成声。

"不……死！不……死！我还要……弄清楚……你为啥……穿成……穿成这副……这副鬼样子……"司徒毕保业显然已经到了承受极限，却仍然不忘调侃范小星。

"司徒——"范小星紧紧握住司徒毕保业的两只手，心如刀割。

"哗啦"一声，仓库大门被再度打开。只见吴蒙和"泰山"三人手持木棍冲了进来。

"Thai——"失魂落魄的李莎明子突然惊呼起来。

吴蒙看见自己的兄弟被折磨得如此狼狈,发了疯似的朝四个小鬼儿奔去,踹倒一个,"泰山"三人便大刑伺候一个。陈彪见援兵到了,也不含糊,干脆外衫一脱,准备大干一场。他并不知道吴蒙可是跆拳道黑带五段,而 Thai 的泰拳更是专业级别。没一会儿工夫,陈彪就被两位高手好好修理了一顿,不仅需要镶上一口假牙,五官也得重新塑塑型了。与此同时,警车也"哇哇"地赶到,这回抓了个大现行,"明治一霸"终于落网。

吴蒙赶紧把司徒毕保业从范小星的身上拉起来,送上 120 抬来的担架。随后,他又扶起范小星,关切地问:"小星,怎么样?"

"司徒,司徒,怎么样?"范小星抬眼四处寻找司徒毕保业的身影。

"司徒已经被 120 拉走了。你放心,没事的!"

"吴蒙,快,带我去医院!刚刚司徒一直趴在我身上,他浑身都是血。那帮畜生下手忒狠,一定受了很严重的伤,他会不会……会不会……"范小星瞬间语无伦次。

"小星,你冷静点!"吴蒙的眼角湿润了,但还是努力控制着自己的情绪,"司徒不会有事的,你还是看看你自己吧,浑身上下哪还有一点完整的地方!"说着,就背起光着脚的范小星一路奔出这个恐怖的仓库。

此时,李莎明子惊魂未定,突然看到 Thai 递过来一只手。她有片刻的恍惚,很快被对方充满鼓励的眼神打动,果断地拉住那只手。

"你……还好吧?"Thai 不无关切地问。

"还好!司徒和小星怎么样?"

"放心,大家都没事!"

"谢谢你,Thai。我……"李莎明子还没说完,Thai 就把她"转交"给匆匆赶来的凯丽老师。李莎明子已经完全听不到母亲在耳边的聒噪。看着 Thai 矫健挺拔的身影,她突然被"绝望"这种行为艺术感动得泪流满面。

终于,一切,尘埃落定。

司徒毕保业和范小星均躺在了洁白的病床上。吴蒙已经通知司徒母亲赶来医院;范小星的双亲在外地,一时赶不过来,在小星的强烈要求下,大家也暂时没有通知他们。做完沟通工作,吴蒙便静静守在范小星的床前。

司徒毕保业的床前则是李莎明子在安静地陪伴。她的眼中盛满了关切和忧虑。原本帅气俊朗的五官,如今被绷带五花大绑,真不知道会不会就此留下永恒的伤疤。他为她送过花、唱过歌、写过诗,更为她迟迟不愿毕业……李莎明子不禁自问:我究竟何德何能,居然有幸遇到如此痴情之人?她突然涌出一股冲动,缓缓起身,朝司徒毕保业的额头吻去。就在她的嘴唇即将接触到他的皮肤时,凯丽老师那充满穿透力的嗓音传了进来。李莎明子赶紧打住,起身离开病房。

"明子,明子!"凯丽老师在走廊里一眼看到"泰山"三人,赶紧跑过去。还没等三人反应过来,李莎明子就迎上来。

"嘘——妈,小点声,我在这儿!"

凯丽老师不无抱怨道:"死丫头,我一个转身你就没影了!还没吓够妈妈吗?"

"妈,我这不是毫发无损嘛!你就别一惊一乍的了!这是医院,要保持安静。"李莎明子轻蹙蛾眉。

凯丽老师刚要再开口,Pong从不远处跑了过来,手中举着手机。

"明子,那个警察……要你、司徒、小星……提供……那个……那个炎……症。"

"炎症?"李莎明子一时没转过弯来,思忖片刻突然笑出声来,"是证言吧!"也真难为Pong用中文来转述警方的意思了。

"呃，是证——言——"Pong 不好意思地笑了笑。

"好的，我先去。司徒和小星现在的情况肯定是去不了的。"李莎明子又转身对母亲说，"妈，我先去派出所说明情况，麻烦你留在这里，无论是司徒还是小星有什么情况，立刻联系我。"

"明子，妈妈陪你去吧……"凯丽老师好像害怕再次失去女儿似的。

李莎明子打断母亲："听我的，你留下！之前在仓库里我完全被吓傻了，一点忙都帮不上，只能眼睁睁看着司徒和小星受辱。现在，他们两个不方便，只有我能和警方把情况彻底说明，尽早落实那些混蛋的罪行，让他们得到应有惩罚，也算是对司徒和小星有所交代。"

李莎明子没等母亲表态，就拉着 Pong 快步离开了，留给凯丽老师一个坚定而决绝的背影。凯丽老师脸上的焦虑退了下去，取而代之的是一丝欣慰的笑容。她突然觉得女儿长大了。

司徒妈妈赶到医院后，一直守在儿子的病床前，眼睛渐渐哭成了两个桃子。她下定决心，等儿子痊愈，无论如何也要带他离开这个是非之地。

第二天上完课，李莎明子就匆匆赶到医院。今天，她有件特别的事情要向司徒毕保业问清楚。其实，这个困惑一直萦绕在她的脑海。也许，解开这个结，他们的关系就能有一个明确的定性。

所幸，此时司徒毕保业一个人躺在病房里。陪了整整一夜的母亲已被他执意劝回家休息。李莎明子看到床头柜上摆着一束鲜花，突然又回想起此前司徒送给自己的两大束白玫瑰，突然百感交集，眼眶不禁有点湿润。

司徒毕保业看到女神驾到，立刻眉开眼笑，马上热情招呼道："明子，你来啦！快进来坐！"

李莎明子快速走了两步，示意司徒毕保业不要起身："你别动，好好躺着就行！"

司徒毕保业怕李莎明子担心，立刻摆出一副满血复活的架势，轻松地说："晕，没那么娇气啦！是脸上的绷带吓到你了吧！其实，我已经好多了。大夫说都是一些简单外伤，最严重的也不过软组织挫伤，休息下就没事了！我就是对这张脸有点担心，不过男人嘛，有点伤疤也很性感吧！"司徒毕保业显然想逗明子开心。

"还性感呢，健康比什么都重要！说实话，那天在仓库，我表现得太低能了，除了拖后腿什么忙都帮不上。你看人家小星，一样是女孩子，却变得那么勇敢，那么无畏……相比之下，我实在是太……"李莎明子有点语塞，啜嚅片刻还是说，"司徒，我真不值得你这么用心……"

"明子……"司徒毕保业激动地打断她，"你说什么呢！女孩本来就是要被保护的。你别跟范小星比，她……她不能算是女孩啦！"他有点犹豫，但还是说了出来。

"司徒，你一直误会小星了，她其实……"

"哎呀，明子，我们不要再说范小星啦，她这个人钢筋铁骨的,像猫一样九条命,绝对摧不垮的!倒是你,一定吓坏了吧!那天忙着挨打了,陈彪他们没对你怎么样吧?"此时,司徒毕保业的眼中只有李莎明子。

"我没事。司徒,我一直想问你一件事。"李莎明子的眼神真挚。

"什么事?"

"你……是怎么认识我的?"此言一出,李莎明子突然有种如释重负的感觉。

"你,不记得了?"司徒毕保业反倒很诧异。

"其实,我是到昨晚才回想起来我们的第一次见面。"李莎明子有点不好意思地笑笑。

"呃……"

"我不是被陈彪那帮人打晕了吗?后来在那个仓库醒过

来，看到了范小星。话说，第一眼真没认出来啊……你知道，她那个打扮……怎么说呢，完全是换了一个人。突然发现，原来她居然是一个美女呢！"

"美女？我脸上都是伤，你不要逗我笑，行吗？"司徒毕保业极力控制着自己的表情。

"是的，司徒，她是一个如假包换的美女，只是你从来没有正视过这个女孩儿，或者，是在逃避。"

"晕菜！"司徒毕保业有点不耐烦了，"明子，咱们不是在说你我二人初次相遇的事儿吗，怎么扯到范小星那里了？"

"我们的相遇里不能少了范小星啊！"李莎明子的眼中闪烁着动人光芒。

司徒毕保业脸上的笑容收敛了，情不自禁地从病床上缓缓坐了起来。李莎明子赶紧转动病床的摇杆，把床头支了起来。

"你什么意思？我记得那天在篮球场被一群人打晕了，昏倒在地上。等我迷迷糊糊睁开眼,第一个看到的就是你,你还用湿毛巾帮我擦汗呢……"司徒毕保业边说边有点恍惚,语气中闪烁着不确定,"其实,当时确实也没太看清你的脸,但我肯定是记住了你的名字。有一个女生喊你'明子',很清晰,我就记住了。这是我们第一次相遇。"

"哦,原来你是这么认识我的啊!"李莎明子露出让司徒毕保业捉摸不透的笑容,"不过,司徒,你一定是误会了。那天帮你擦汗的肯定不是我。我也记得那次篮球场暴力事件,因为当时我也晕倒了。"

"什么?!"司徒毕保业震惊不已。

"那天是接近40℃的高温,加上刚巧目睹一场群架……通过这次陈彪事件,你也知道了,我这个人胆子小得要命,一下子就晕过去了。你当时恍恍惚惚听到有人叫我的名字,一定是同学急着把我往医务室送。"

"如果真如你所说,那天给我擦汗的是谁?"司徒毕保业突然产生一种难以置信的预感。

"范小星！"李莎明子斩钉截铁地说道。

"不可能！"司徒毕保业惊呼。

"你别激动，听我说完。那天，我在医务室醒来后，校医说没什么事，就让我回去了。经过走廊的时候，我听见有人喊我的名字，转身去看，发现一个穿着长裙的女生站在门口哭，哭得格外伤心。我凑上去安慰她，她却慌张地跑开了。我往门内扫了一眼，看到你躺在病床上……还有吴蒙。当时情况比较混乱，我也没留意，就离开了。直到昨天，当我看到一袭长裙的范小星，突然想起那天在门口哭泣的女孩，就是范小星。"

"范小星？"司徒毕保业轻吟着这个不能再熟悉的名字，陷入沉思。

"司徒，我得走了，一会儿还有课。另外，派出所那里我已经提供证词了，还需要你和小星的。不过，等过些天你们身体恢复了再去也不迟。"李莎明子伸出一只手轻轻拍了拍司徒的肩头，"好好养病！"

李莎明子走后，留给司徒毕保业一个难以释怀的困惑。他百思不得其解，为什么范小星那天会穿裙子？还有，如果真的是她第一时间赶过去照顾他，为什么不和他实话实说？印象中明明是一个清丽的美女飘然而至，怎么一下子变成女汉子范小星了呢？司徒毕保业越想心越乱，他必须找范小星亲口问个清楚，这关系着他绵延三年的痴情啊！

一不做二不休。司徒毕保业强打精神从病床上坐起来，然后扶着墙壁，慢慢移出病房。他知道此时范小星正躺在他隔壁的房间。他刚想敲门，发现门并没有关严，一对男女正在里面喋喋不休——是范小星和吴蒙。司徒毕保业索性安静地立于门旁，听他们对话。

"小星，你为什么连承认喜欢一个人的勇气都没有？你不顾自己的前途，心甘情愿陪了他三年，为什么不让他知道？你如果一直这么默默望着他的背影，那他永远不会知道你的付出。这样做很傻，你知道吗？请不要再傻下去了，你应该勇敢追求属于自己的幸福。"吴蒙言辞激动，仿佛劝的不是范小星，而是他自己。

"你也是够了！"范小星显然不想继续这个话题，口吻充满了不耐烦。

"逃避不是办法！你要再这样下去，我们三个就真的进入无解的死循环了！"吴蒙低吼。

"我们三个？和你有什么关系？"范小星诧异地看着吴蒙。

"……"吴蒙猛然发现自己说漏了嘴，马上补救，"我的意思是，看着你们两个这么阴差阳错，实在是着急啊！要不要我去帮你表白？"

"不可以！"范小星激动地喊道。

吴蒙正要开口，没想到范小星自己交了底："也许，你是对的！我一直在自欺，心里明明喜欢得要命，却表现得满不在乎。宁肯做兄弟，也不愿破坏这种零距离的接触。"

吴蒙长长地舒了一口气。

"吴蒙，如果是你，会怎样做？"范小星突然反问道。

"我？"吴蒙出现了暂时的凌乱，但很快调整了情绪，"如果是我，总要试一把吧！如果连尝试的勇气都没有，怎么证明自己不懈努力过呢？勇敢不一定赢得爱情，可怯懦一定会错过爱情！"说出的每个字仿佛都流经了吴蒙的心田，带着火热的温度。

门外，司徒毕保业已无法自持，丝毫没有勇气去听范小星的回应。他踉踉跄跄回到自己的病房，一下子栽到病床上，然后缓缓吐出几个字："是在做梦呢吧！"

等到司徒毕保业再度醒来，迷蒙的视线中浮现一个少女的身影。电光石火间，司徒似乎又回到了那天的篮球场上。也是同一个清丽的身影为他轻拭额头上的血汗，好像还有一抹清新的柠檬香。

司徒毕保业喃喃道："明……子……"

"唉……"一声叹息。

司徒毕保业想睁开眼看清楚,却被排山倒海的倦意覆盖。

一周后,司徒毕保业和范小星出院了。司徒妈妈开车先把范小星送回学校宿舍,随后拉着司徒返家。路上,母子俩又为去不去瑞士展开一番争论。

"等完全康复了,我们就动身!"母亲不由分说地做了决定。

"妈,能不能从长计议啊?"

"什么从长计议!发生了这么大的事儿,没必要继续留在这个是非之地了!"母亲不给儿子任何回旋的余地。

"我都成年了,你不要再把我当小孩子看,行吗?"司徒有些不悦。

"我知道,你是舍不得那个叫范小星的女孩子吧!"母亲语出惊人。

"范小星？何出此言啊？"司徒毕保业立刻激动起来。

"难道不是吗？"母亲继续道，"被那帮混蛋暴打的时候，你用自己的身体紧紧护住那丫头……你知道吗，他们差点就毁了你的脊柱，你小子差点就高位截瘫了。为了保护那丫头，你连命都不要了，你知道吗！"说完，母亲从方向盘上腾出一只手，拭了拭眼角的清泪。

司徒毕保业一时语塞，像是在听发生在别人身上的故事。

"那天，我去医院探视。你在睡觉，那个范小星就坐在你床边哭。问她什么都不说，就是哭。后来，她一个劲儿和我道歉。我当时确实是有点激动，有点口不择言……"

"你说什么了？"司徒毕保业有点紧张地问。

"我其实也是无心的……"母亲有点嗫嚅。

"妈，别卖关子，你到底说什么了？"

"我说，如果司徒就此瘫痪了怎么办？你承担得起吗？"

"晕！"司徒毕保业深感无奈，"有必要这么吓唬她吗？"

"我知道啊，事后我也后悔啊！不过那女孩的回答倒是挺让人感动的……"母亲的眼中突然涌现出一抹柔情。

"她说什么？"司徒毕保业徒生出一种既好奇又不忍听的复杂心情。

"她说，如果你就此瘫了，她就陪你一辈子，做你的双腿，你想去哪里，她就背你去哪里……"母亲的声音哽咽了。

司徒毕保业的双眼已经被泪水模糊了视线。他用只有自己能听到的声音说道："傻瓜——"

又过了一周，学校的处分公告贴了出来：

司徒毕保业，男，系经管学院国际贸易专业1101班学生。该生多次参与校外打架斗殴事件，经学校研究决定给予其开除学籍处分。

2016年7月16日

第六章　缘来是你

每个人都爱别人

最美好的爱情是，他喜欢上她时，她恰巧也喜欢上他。

最遗憾的爱情是，她爱上他时，他却离开了她。

最耐人寻味的爱情是，蓦然回首，那人却在，灯火阑珊处。

I

司徒妈妈将行李已经全部打包好了,而司徒毕保业却滞留在阳台上,依依不舍于眼前的风景。

母亲轻拍儿子肩头道:"走吧!"

司徒毕保业抿着嘴,心里不是滋味,像在等待什么。

司机在门外静候,见司徒母子推着行李出来,赶紧接过去,放在后备厢。

司徒毕保业充满留恋地看了一眼这座宅子,随后上了车。

抵达机场,安检一切顺利。候机厅里,司徒毕保业静立落地窗前,看着跑道上一架架飞机起飞降落,心潮起伏。又过了半响,司徒走进一间书店。说来也怪,大学五年都不曾进过图书馆,这会儿倒想起逛书店了,司徒自嘲地笑了起来。

穿梭于书架之间，司徒毕保业无意中瞟到一句话：谁都不想辜负别人，最后可能把别人全都辜负了！细品下才发现，这说的不就是他自己吗？选择逃避，选择离开，是不想辜负任何人，可到头来，这样的远离是不是真的会辜负所有人呢？司徒毕保业陷入踌躇，突然有种不知何去何从的迷茫。

"司徒，我和吴蒙今年一定会顺利毕业的。你记得一定要过来参加我们的毕业仪式，一起吃散伙饭啊！"电话里，范小星的语气是始终如一的冲锋枪式。

"好的。一言为定！"

"还有……你在那边要照顾好自己。上课的时候，别再睡觉了……"不知为什么，范小星有点哽咽。

"嗯……"司徒也有万语千言不知从何说起。

"……那好吧，祝你心想事成，一帆风顺……"

"小星……"司徒毕保业突然想抓住什么。

"司徒……"范小星的声音里充满了期待。

大概沉默了一个世纪那么久,司徒终于轻声道:"你也保重!"

2

司徒毕保业走后,范小星和吴蒙像是变了个人似的,只要没有课他们就没日没夜泡在图书馆里看书,最常去的进餐场所就是"LA-LA拉面",吴蒙跟"泰山"三人已经熟得称兄道弟了。但让他们费解的是,以前面馆里的常客李莎明子却不再出现。

大四上学期结束了,"泰山"三人的交换生生活也结束了,即将回到泰国的学校。那天,范小星和吴蒙在"LA-LA拉面"跟三个泰国兄弟一一拥抱告别,相约日后有机会一定在曼谷重聚。

范小星在人群中搜寻,却没有看到李莎明子的身影。她发现Pong似乎也在寻觅,遗憾已渐渐蔓延整张面孔。范小星徒生感慨:原来,每个人的心中都有一个实现不了的梦,因为找不到正确的钥匙,这个场梦反而益发迷人,让人留恋。

直到车子即将启动，李莎明子才气喘吁吁地跑到美食广场。Pong 赶紧叫司机停车，第一个跑下来紧紧拥抱住他的女神。Thai 也下了车，走到李莎明子面前。李莎明子看着他一步步靠近，泪水已经漫出眼眶。

Thai 走到李莎明子身边，仿佛很随意地牵起她的手说："明子，很高兴认识你！希望你有机会来曼谷玩。我们会带你去看湄南河最美的夜景。"

明子热情地回应来自 Thai 那只手的力度。她很清楚，他掌上的爱情线里并没有她的位置，但她仍希望这场交换生之旅成为他生命中一次最为美好的遇见。做不了爱人，那就成为最特别的朋友吧！

"Thai，还记得你唱的那首《只爱一点点》吗？"李莎明子的声音有点哽咽。

"记得啊，我的发音是不是不太标准啊？"Thai 有点不好意思。

"不不！非常棒！你可不可以再唱一次？"李莎明子情不自禁地问道。

"呃……"Thai 感觉有点突然，嗫嚅道，"没有吉他……"

Pong 冲上来，手里竟然拎着一把吉他："给你，唱喽！"看着 Thai 有点困惑的眼神，Pong 又笑道，"忘啦，司徒走的时候，送咱们的！"

Thai 浅笑，接过吉他，走到榕树下的石阶，坐了下来。他先是调了一下音，然后弹出了温柔的前奏，充满磁性的声音接踵而来：

不爱那么多，

只爱一点点；

别人的爱情像海深，

我的爱情浅。

不爱那么多，

只爱一点点；

别人的爱情像天长，

我的爱情短。

不爱那么多,

只爱一点点;

别人眉来又眼去,

我只偷看你一眼。

歌声越飘越远,直到每个人都热泪盈眶。

"泰山"走后,吴蒙接手了"LA-LA拉面",范小星兼职做起了收银工作。当然,拉面的味道已经变成正宗的山西味,但食客并未减少。吴蒙还特地请来自己的叔叔——一个正宗的大同人来主持大局。很快,"LA-LA拉面"成了同治大学的一面金字招牌,口碑越做越好,校园内外的顾客络绎不绝。

一天打烊后,范小星边点算全天收入边对吴蒙赞道:"真没想到,你居然是做生意的料啊!以后成了餐饮大亨,跟着你混啊!"

吴蒙听了欣喜不已,未经思索便说:"好啊,我养你——"

此话一经出口，两人立刻噤声，瞬间，一种尴尬的寂静笼罩整个房间。

半晌，范小星故作轻松地说："啊哈！可惜我不好养哦，不仅能吃，还到处闯祸，肯定到处给你拖后腿……"

"小星……"吴蒙很认真地打断她，"你知道，我并不在乎的，如果你肯给我一个机会……"

"晕啊，好肉麻的告白……"范小星夸张地阻止吴蒙，然后冲他扬了扬手中的钞票，"今天赚翻了，要不要去打一场桌球？"

"嗯……好！"吴蒙很费力地咽下了呼之欲出的真心话。

一年后，吴蒙、范小星果然兑现了当初的诺言，顺利毕业。目前，他们最大的期待就是和司徒毕保业重逢。之前就说好的，一起拍毕业照，一起吃散伙饭，然而，他们并没有如期收到司徒毕保业的任何音讯。毕业照拍完了，散伙饭也不知吃了几场。这天，国贸一班的同学在KTV狂欢至深夜，有的喝翻了躺在包间里打盹，有的干脆结伴又去看午夜场电影，或是跑到大排档撸串，只有范小星还握着话筒，一遍遍吟唱邓丽君的《我只在乎你》。当她再次唱到"我不能只依靠，片片回忆活下去，任时光匆匆流去，我只在乎你"时，吴蒙忍无可忍夺下了话筒。

"小星，你够了！"

"你还给我——我还没唱完！"范小星气急败坏道。

"你到底还要唱多少遍？唱到声嘶力竭，他该不来还是不来！你何必糟踏你自己！"吴蒙也是急火攻心。

"他会来的。他说来，一定会来！"范小星目光坚定地看着吴蒙。

吴蒙注视着范小星，眼前的她已经变了模样，给人一种重生的感觉。她的头发已经蓄长了，颜色恢复乌亮，和身上那条蓝色碎花的吊带长裙相得益彰。吴蒙记得这条裙子，是那次仓库劫案发生时范小星穿的那条。记得当时第一眼看到，他几乎是强忍着一股莫名的荒诞感。认识范小星这么久,还是头回见她如此女性化的装扮,惊异大过惊艳。今天再看,他的眼中便全是惊艳了。原来,范小星真的是一颗明亮的星。

"吴蒙,你能陪我去一个地方吗?"范小星打破沉默。

"当然!任何地方!"吴蒙义不容辞。

他们来到校园的篮球场。在这里,范小星用纸巾擦拭着司徒满是血汗的额头,然后被他误认为是李莎明子。之所以来到这里,范小星有着难言的隐衷。她想,即便要斩断对司徒毕保业的痴情,也要有始有终。他们这场你追我逐的情感纠葛由此处开始,当然也应该在此处终结。

"吴蒙,我知道司徒可能不会来了!"范小星有点认命的意思。

"小星,"吴蒙的心情亦很复杂,却仍给对方鼓劲儿,"司徒固然有时玩世不恭,但对朋友从来重情重义。他说过要来,肯定会来的,之所以耽误了,原因很多,比如飞机误点……"

"是哦，国际航班更是如此……"范小星有了片刻的释然，然后又转过身，注视着吴蒙道："我今天漂亮吗？"

吴蒙感到脸颊发烫，但还是尽力抑制着内心的澎湃，声音竟然有些颤抖："小星，你知道的，在我心中，你一直都是漂亮的，从过去到现在！"

范小星突然有点不好意思地笑笑，用双手摸了摸脸蛋儿："突然觉得自己好庸俗！到现在，我居然还认定爱情只眷顾那些容貌出众的人。就是因为觉得自己不够美，缺乏竞争力，索性把自己扮成一个假小子，妄图以此和他走得更近，不分彼此。谁知，这样却陷得更深，完全切断了自己的后路……"

"小星，"吴蒙动容道，"爱情其实很磨人的。我有时也在想，如果一样东西需要奋力争取，还不一定能得到，那么，这样的义无反顾是否真的具有意义？你还记得我们都喜欢的那首《盛夏的果实》吗？第一句就是：也许放弃才能拥有你……"

范小星失笑道："哈哈，吴蒙，真没想到你文艺起来也是没谁了！不过，你说得对。放弃并不等于认输，而是更理性地过活。我应该为自己好好生活,不是吗?爱情,真的不是人生的全部啊!"

"嗯!"吴蒙的眼中有深深的赞许。

"终于毕业了,我要开始作为范小星的全新人生了!"范小星的语气中满是憧憬。

"我们都要加油!"吴蒙也被对方的正能量深深感染。

就在这时,吴蒙的手机响起来。

"喂!"随后,吴蒙的双眼亮了起来,不禁朝小星望了望,"你已经回来了?好,我们在篮球场呢!等你!"

范小星诧异地盯着吴蒙。

"是司徒!"吴蒙斩钉截铁道。

"……"范小星一时语塞,原本重整旗鼓的心情瞬间又动荡不安。

吴蒙看穿了范小星的纠结,果断道:"小星,是该做个了断了!无论在不在一起,你都应该让他知道你的心意。青春这样短暂,我们不能辜负它!"说完,他走向前,一只手搭在她的肩头,传递给她一股强大的力量。

范小星感激地望着吴蒙,眼中闪着晶莹的泪花。

飞机晚点近四个钟头,司徒毕保业已顾不上把行李先安置在宾馆,索性拖着拉杆箱一路赶到校园内的篮球场。场内空无一人,照明灯还在卖力地工作着,光亮让四周显得更为寂静。

"吴蒙!"司徒毕保业高喊,"小星!"

没有回应。他拿出手机,打算再次拨打时,突然听到一个悦耳的声音:"司徒——"

司徒举目,突然看到一个窈窕的身影袅袅地出现在看台一角,然后缓缓走下场来。司徒有点恍惚,这个声音再熟悉不过,可这身影——是明子吗?他揉了揉眼睛,再定睛,身影已飘然至眼前,居然是范小星。

"小——星——"司徒不禁有点口吃。

"司徒,我们一直在等你!"范小星微扬嘴角,眼睛里似乎真的闪烁着星星。

"你……你的头发……"

范小星用手抓起一绺秀发用力拽了拽,风趣道:"你看,是真的哦!我把它们留长了!不习惯——还是,不好看?"

"不!"司徒毕保业立刻表态,"好看,特别好看!你为什么不早点留长?"

范小星扑哧一声笑出声来:"早点的时候,光想着和你称兄道弟了!"

司徒毕保业有点不好意思地挠了挠头,打趣道:"我也是瞎,居然把个美女当铁汉,让你埋没了这么久!"

范小星的笑意更浓了："是不是我这样了，你就不把我当兄弟了？"

司徒突然心潮起伏，几乎是强压着自己的冲动，尽量平和地说："兄弟我是不缺了，就缺一个姑娘！你知道，在瑞士那些西方女人简直没法近看，毛孔比我还粗……'金发碧眼'这种词还是说说算了，真摆你面前就没有……"

范小星被彻底逗乐了："司徒，你一点都没变呦！"

"你变了！"司徒毕保业突然一本正经道，"彻头彻尾地变了！"

范小星迅速环视了一下自己的装扮。

"不不！"司徒忙道，"我不是说外表！是你给人的感觉。我突然觉得自己就是天字第一号傻瓜，居然就那样一直误会你，误会我自己，然后还凭空捏造出一段感情，自我陶醉……现在想来，真是愚蠢啊！"

"那……"范小星犹豫了片刻,还是决定说出来,"你喜欢现在的我吗?"

"小星,如果你不嫌我愚笨,就再给我一次机会吧!无论是现在的你,还是过去的你,我都喜欢!当我说喜欢明子的那一刻起,我就已经喜欢上你了!"司徒毕保业终于按捺不住内心的澎湃。

"真的?"感动的泪水已经蓄满小星的眼眶。

"这一年来,我之所以不肯联系你,是担心一旦听到你的声音就会义无反顾地赶回来。我希望你能顺利毕业,然后就可以正式追求你。那晚葡萄架下,是你吧!我其实早就应该醒悟过来,那种淡淡的柠檬味是你最喜欢吃的口香糖……我是尝得出来的……"

"哎呀,你别说了!"范小星已经臊得厉害,不知所措了。

司徒毕保业把拉杆箱立在一边,准备朝范小星走来,可刚迈出两步就被对方阻止。

"你等下,先别过来!"

"怎么?"司徒诧异。

"我……我还没做好准备!"范小星咽下一口口水。

司徒失笑,继续往前走:"你还要准备什么?我今天可是没带什么萤火虫,如果你嫌不浪漫,也只能将就一下了!"

还没等范小星反应过来,已经被司徒卷进怀里,炙热的嘴唇不容分说地压在了她的双唇上。

半晌,司徒抬起头,用右手食指勾起范小星的下巴,轻声道:"嗯,就是这个味道,没错!"

范小星也缓缓睁开双目,两颗泪珠滑了下来。司徒毕保业一时有点慌乱,忙道:"小星,怎么了?我做错了什么?"

范小星把头埋进对方的怀抱深处,开始抽泣。司徒毕保业更紧张了:"小星,说话啊!是我不该操之过急吗?对不起,我是情不自禁，我失态了……你原谅我！"

小星不语，只是把司徒搂得更紧。司徒毕保业索性就由她这样放纵浑身的气力，直到她慢慢挣脱他的怀抱，重新站到他的对面。司徒看着稍显花容失色的范小星，发丝有些凌乱，裙摆也打了褶子，可所有这些不完美反而衬托得她更加真实，更加生动。

"你没事了吧？"司徒毕保业小心翼翼地问。

"司徒，你确定心里的那个人是我吗？"范小星一本正经地问。

"我……我可以说'不是'吗？"司徒毕保业忍不住要捉弄她一下。

范小星果然上钩，眼睛直勾勾地盯着司徒毕保业，然后，河东狮般冲向对方，狠狠一记重拳瞄准司徒胸口，嘴中放狠道："你个王八蛋，去死！"

司徒眼疾手快，右手死死抓住小星的拳头，然后借着寸劲儿，手腕绕了个圈，一下子又把她箍到怀里，然后在她耳边轻喊："你要谋杀亲夫啊！不过，好怀念你这副粗暴的老样子啊！"

范小星知道上当了，本想转过来继续动粗，却怎么也挣脱不了司徒毕保业的怀抱。

"小星，别挣扎了！我们踏踏实实地谈一场恋爱吧！你不觉得我们耽误太长时间了吗？"司徒语重心长。

这句话犹如一道魔咒，彻底击溃了范小星。她搂着司徒的胳膊，终于哭出声来，多年来的委屈、痴情、隐忍，此刻全部倾泻出来。司徒的面颊亦挂了泪。他也紧紧搂着小星，好害怕一不小心又失去她。

不知又过了多久，司徒毕保业转过范小星的肩膀，看着她娇羞的面庞，深情地说："小星，我确定心里的那个人就是你！"

范小星破涕为笑,在司徒面前转了一个圈,飘逸的裙摆瞬间怒放:"你还记得这条裙子吗?"

"当然,那天在仓库第一次看你穿,吓我一跳!说实话,当时真的不太习惯呢!"

范小星笑道:"我是在校外不远的一家神秘服装店看中这件衣服的。那个店员和我说,这条裙子是有魔力的,可刚穿上就被绑架了,当时郁闷至极。这哪里是什么魔力啊,简直就是把我带进了魔窟。可现在看来,它确实是充满魔力,不仅让我恢复了身为女孩儿的自信,还把你再度带到了我身边。你说,我们是不是应该感谢它?"

"校外附近哪有什么服装店啊,不全都是餐馆吗?"司徒毕保业十分肯定。

"有啊,就是步行街入口的第一家店啊!"范小星有点着急。

"晕,不可能,我刚从那里经过,整条步行街都是餐馆和电玩店好吗？"

范小星突然感到自己的记忆出了问题，那个型男店员的神秘微笑再次浮现在她的脑海里。她不禁自言自语道："是真的啊，他还给了我一个难以置信的折扣。穿上以后，我还有点不习惯，刚想回去把衣服换回来，谁知他已经挂出打烊的牌子……"

司徒忍俊不禁地用手捋了捋小星的发丝，打断她："好了，一定是你爱我爱疯了，天使都被你打动了，特意下凡来帮你！"

范小星用手反复抚摸着美丽的裙摆，陷入沉思。

司徒毕保业被她单纯无邪的神情再次打动，将她拥入怀中，然后在她耳际轻语："小星，这条天使之裙就是你的婚纱。等我们修成正果的那一天，你就穿着它踏上红毯，我会把今生所有的幸福全部送给你……"

范小星再度合上双眼。

后记

"你喜欢上我时,我也恰巧喜欢上了你!"这理所应当是我们心目中最美好的爱情。但命运却分分钟上演一出出"我爱上你时,你却离开了我"的忧伤戏码,让遭此劫难的芸芸众生抱憾不已。故事里的司徒毕保业、吴蒙、范小星、李莎明子、Thai、Chai、Pong无不如此。青春如白驹过隙,人们渴望最美好的爱情降临,却不是每个灵魂都能幸遇良人。

我曾毫无保留地爱过别人,也曾被人毫无保留地爱过。我明白爱一个人不仅是一味的理解、包容,更要默契的陪伴。如果少了TA,即便穿行于世间最美的角落也不会有赏玩的兴致;而多了一个TA,纵然跋山涉水、磨砺重重也甚感幸福,感激天神的赐予。

《每个人都爱别人》是我的第三本小说,根据我担任编剧的网络大电影《可不可以不毕业》改编而成。这段时间,一直忙着为博哥写戏。再次,由衷感谢他对我的信任。就在我去天津探班他新戏的这天,他和我聊起这一年来的物是人非,令我感同身受。他说的我都懂。身为制片人所要面对的压力比起我的这点工作真的是小巫见大巫。我亦只能送他两句话:"成大事者不拘小节。""稍理想的路,没有一条是平坦的!"无论这些年在他身上发生了什么,不要忘记,上天必定是在磨砺你,现在所承受的一切压力都是为了未来更好的你。当然,我也一直是这么安慰自己的。我期待不久后我和他能微笑地坐在一处,安静地看完我们合作的片子,然后相视一笑道:还不错哦!

写到这里,还有一位朋友不得不提。

那年夏天,我们一行人去乌苏演出。工作结束,我们驱车离去,遭遇堵车。龟行中,我透过车窗,看见不远处一位母亲带着三个孩子出现在我们车子的正前方。车停了下来。这位母亲手拎亲自酿制的大瓶饮料(应该是格瓦斯)和尚热乎的馕走到我们车前,交到我同事手上。她饱含热泪道:"你一定要收下,孩子,谢谢你!这是我的心意,你尝尝……"同事给了这位母亲一个拥抱:"阿姨,你应该早点告诉我你要来,今天晚会的票我可以给你留几张前排的。"阿姨擦了擦眼泪道:"阿姨也想早点见到你,知道你今天要来,下午就开始做这些,为的是给你吃上最新鲜的……现在还是热的,你趁热吃点儿。"

我和另一同事看得傻了眼,完全不清楚状况。这位母亲带来的三个孩子,其中有一个已经成年的男孩。我走到他身边问:"你们是亲戚?"男孩儿摇摇头:"不是的,他是我们家的恩人。我姐姐在北京住院时,他亲自去探望,留下一笔医药费,还在微博上呼吁大家一起为我姐姐捐款,虽然……"男孩的泪水在眼眶中打转儿。我没有再追问下去,而是从车上拿出几瓶水,递给大家。紧贴母亲的两个小孩子,拉着她的衣角,非常可爱。

同事问道:"阿姨,你们住哪儿?我们先送你们回去吧?"她拒绝了。同事悄悄问我身上有没有现金。我拿出钱包里仅有的一些钱,悄悄塞进他的手里,没被大家发现。临走前,

每个人都爱别人

　　同事将这一点"心意"放到那位母亲的外衣兜里。直到我们离开，我才从同事口中得知，那位他曾经资助过的女孩儿不久前已经离开人世。我和另外一个同事沉默了。我对这个女孩儿留有印象，微博上看到过她的一张照片。女孩儿微笑着，那么乐观，那么坚强……我本以为她已经出院了。

　　命运总是如此让人措手不及。

　　那位母亲一直在车后向我们挥手道别。同事回头看着，泪水情不自禁地流了出来。他的善良和感性，感染了我和另一个同事飞姐。大家也默默流下了泪水，整个车厢异常安静，仿佛能听到眼泪落在座椅上碎裂的声音……

不久后,他在朋友圈发了一条信息:还记得去年因病离世的麦迪娜吗?刚刚见到了失去女儿的妈妈。她给我带了馕和饮料。告别后难忍口渴喝了一口,心里突然不是滋味,像干燥的新疆下着北京的雨。

如此文字令人心疼。我们无力改变这种悲伤,唯有诚心奉上祝福,愿那位母亲能够健康平安,也愿那几个孩子快乐成长。也就是在那样一个夜晚,我才更觉得平日节目里阳光善良的他越发真实。之前,还有一个叫玉素普江的小朋友没钱做手术,他也是二话不说匿名捐助了两万元。还有前不久去甘肃省渭源看到的景象。那是一次公益行动,我们去探望当地的贫困母亲,而他恨不得每家每户都走个遍。临行前,

每个人都爱别人

他把身上剩的一万元交给工作人员，说是一定要转交给没去过的那几户人家。那天，雪下得格外大，高速封路，来回十七个小时的车程才到达机场。若非第二天一大早有重要的录影，我们是说什么也不会冒险赶路的。

其实他做的远不止这些。他让我帮忙寻找贫困学生。每一年，我都带着任务似的寻至十名左右。而他在给予这些学生帮助的时候，只有一个条件，那就是接受帮助的人如果今后有能力再帮助其他人，一定要义不容辞。他让我多年如一日如此做的目的亦只有一个，就是希望把这份爱传递下去……他始终相信美好是需要传递的，社会再复杂，爱却是单纯的，传递不息就好。

我一直深信任何事物的存在自有道理，任何话题亦都有潜在的意义，关于他的善良真实、阳光睿智远不止上述这些，我们要做的就是继续尽最大的努力。在此，也借由新书付梓之际，祝福他，愿这位白羊哥们儿开心快乐每一天，不忘初心，继续前进！

以上，写了些和小说看似无关的内容，但这些正是我目前生活中最重要的部分，认真写戏，希望有一天能有拿得出手的作品——看完能让我起一身鸡皮疙瘩，并点头说"不错"的作品。认真地将"尼格买提助学金"扩散到更多需要帮助的地方，让更多人感受到温暖的力量……

每个人都爱别人

    2017年已经拉开帷幕。在此,我祝福每一位读者心想事成,幸福永远,期待今后可以有更多优秀的作品带给大家。

    此刻,我坐在 BIFU 咖啡馆靠窗的位置,手捧一杯美式冰咖啡,一缕冬日的暖光照射在我的黑色镜框上,键盘上的光影是暖色调的,别样的美好。终于,可以在 12 月如期交稿。2017年,我希望可以有更多的时间去到更多地方,完成一些曾经向往的事情。只有当梦想照进现实的一刻,你才觉得自己身后有一束光,照耀着前行的路……

我必须由衷地感谢制片人博哥、编剧黎弘茜、出版人家启哥，以及宣传小能手好友吴迪、何连泽大哥，以及我最爱的妈妈和妹妹。最后，感谢第一个阅读本书，并提出宝贵意见的"昊原文字小组"成员年泽宁。

SU 徐昊原

2016.12.7

每个人都爱别人

喧嚣凡尘中,遇见昊原、遇见昊原的书,让人感受到灵魂被文字触摸的暖意!焦躁难平的当下、心生悲凉的某刻,翻翻昊原的文字,感受它静默中的力量……

@王英馨

在一起做了什么并不重要,重要的是我们一起分享了彼此的忧伤与快乐,徐昊原的文字让自己心中的他或她历历在目,书中有我们彼此的无法触碰,也有不得不念,很久以后,我们终将淡忘,留下的大多是关于美好,我想到那时我们会发现,每个人都爱别人。

@李超峰

爱与被爱，都是让人幸福的事情。如果每个人都学会去爱别人，爱会不念过往的继续下去。徐昊原是个真性情、正能量的人，他的文章浪漫、清新、有味道。而我和他就像是久未谋面的老友。

@杨丽芳

每一个文字、每一段话、每一本书，都从心底莫名感动！青春，注定了要颠簸，要有眼泪和汗水，有委屈、不甘和失败，每种情感在昊原的文字里缠绵蕴藉。一等一的暖心暖男！

@于秋楠

昊原每一本书都会给我惊喜……从初恋的青涩到不念过往的旅程，再到每个人都爱别人，轻轻合上书本，抚摸着光滑的封面，闭上眼，再次回到书里的情节，他的文字有一种魔力，让我爱不释手……

@ 冯亮

人生若只如初见，不念过往，念远方。他一次又一次地用朴实的文字征服了读者的心，字里行间流露着的是浓浓的爱意。阅读昊原作品好比是一场奇妙的旅行，感激我在这程旅途中遇到你，在未来的日子里期待与你的文字一起携手共进。

@ 黄雅雯

从《无法触碰的我爱你》让我想起青涩年华的那段时光，也让我知道青春不论悲喜，最后回忆起来都是美好的。第二本书《不念过往 念远方》是期待了好久的，看完后我推荐给了身边的好多朋友。其实除了他的作品之外，大宝带给我们的还有生活中的无限正能量！他的善良、他的阳光、他的心怀感恩，都让我们越来越爱他！所以才会更加期待他的每一部作品！

@何綵蝶

喜欢的歌一个人听，喜欢的书一个人看，成长对于我来说就意味着孤独。有些话到了嘴边却无从开口，关于青春记忆里的那些耿耿于怀多半都源于曾有过的那段亲密无间。感谢昊原以及他的书，陪伴我度过了那么多寂寞的日子。期待着你新的作品，有你的日子我感到很幸福。

@彭松